講談社文庫

大店の暖簾

下り酒一番

千野隆司

講談社

目次

下り酒一番
大店《おおだな》の暖簾《のれん》

第一章　四斗樽《しとだる》の鏡

一

霊岸島《れいがんじま》を貫く新川《しんかわ》の河岸《かし》道には、大店《おおだな》の酒問屋の店舗や倉庫が並んでいる。暦《こよみ》は三月になって、春らしい午後の日差しが店の藍染《あいぞ》めの日除《ひよ》け暖簾《のれん》を照らしていた。

入母屋《いりもや》造りの瓦《かわら》屋根、せり出した庇《ひさし》には家紋や鬼飾りがあしらわれている。明かり取りの窓には、塵《ちり》一つみられなかった。それぞれ入り口の軒下には、様々な銘柄の薦《こも》被《かぶ》りの四斗の酒樽が多数積まれていた。

酒樽は、運ばれてきたばかりであったり、これから小売りの店へ荷出しされたりするところだ。明るい間は、荷船の艪《ろ》の音や荷運び人足の掛け声が、いつもどこかから聞こえてくる。

「おう、そろそろだぞ」

「ああ、たまらねえな。さすがに武蔵屋《むさしや》さんは、大店だ。てえしたもんだぜ」

人足ふうの、全身が浅黒く日焼けした男が、一軒の大店の前で隣に立つ職人ふうと唾《つば》を飛ばしながら話している。

新川の南河岸にある間口六間半の武蔵屋は、店舗の脇に大きな酒蔵を持っていた。その店や酒蔵の前に、界隈《かいわい》の人足や住人だけではない老若の男女が集まっていた。武家の中間《ちゆうげん》や浪人者などの姿もある。

「おいらはいつも、樽を担《かつ》ぐだけでよ。下《くだ》り酒《ざけ》なんざ、一滴だって飲んだことはねえ。さぞかし、うめえんだろうな」

「あたぼうよ。おめえなんざ、濁った酒しか飲んだことがねえだろ」

「そんなことはねえ、澄んだ酒だって飲んだことがあるぞ」

どんぶりに半纏《はんてん》を引っ掛けた男が、胸を張った。荷運び仕事を済ませた後らしい。

「ふん。どうせ雑味の多い、地廻《じまわ》り酒だろ」

「そ、そりゃあ、値が違うからな。おめえは、あるのか」

「ねえさ、だからおめえを誘ってやって来たんだ」

「うめえんだろうなあ。早く飲みてえじゃねえか」

男たちは、頷《うなず》き合った。

「押すな、押すんじゃねえ」

「そうだ。押したからって、早く飲めるわけじゃねえぞ」

他からも、声が上がった。すでに二百人ほどが集まっている。さらにやって来る人がいて、河岸の道が溢《あふ》れかえっていた。

灘《なだ》の新酒灘桜《なだざくら》が、下り酒問屋の老舗《しにせ》の大店武蔵屋から売り出される。四月一日に各小売りに納品され、その日からいっせいに売り出される手筈《てはず》となっていた。この酒は、正月の新酒番船《しんしゆばんせん》で一番になった酒だ。摂津《せっつ》の西宮《にしのみや》から江戸へ、各酒造の蔵元が樽《たる》廻船《かいせん》を使って酒を送った。

その順番を競う競争で、灘桜は見事一番になった。

この正月に行われる新酒番船は、江戸の酒好きの間では、常に評判になっていた。灘や伏見《ふしみ》などから樽廻船によって送られてくる酒は極上品で、誰もが飲める代物《しろもの》ではない。旗本や大名家の重臣、表通りの商家の主人や職人の親方、大きな寺の僧侶といった者しか口にはできない。しかし江戸の呑兵衛《のんべえ》は、この酒の運搬競争を話題にした。

どこの酒造の酒が一番に江戸に着くか、あれこれと喋《しやべ》って楽しみ、金を賭《か》けて当てる博奕《ばくち》の種にした者さえいた。

実際に金を払って飲む者も、買えない者も、酒好きは新春の酒の運搬競争を楽しみにした。一番や二番となれば話題の中心になり、誰もが飲みたい酒となる。

今年は西宮の船問屋今津屋《いまづや》の運んだ灘桜が一番になった。二番は灘自慢《なだじまん》という酒である。

「ならば、飲みたいね」

話題の中心になった下り酒を、呑兵衛ならば飲んでみたい。本来の酒代の他に、江戸までの輸送料も上乗せされる。それでも金のある者ならば、銭を惜しまない。初鰹《はつがつお》と同じ受け取り方だ。

この新酒の灘桜千樽を独占的に仕入れたのが新川の南河岸、霊岸島銀町《しろがねちょう》二丁目の下り酒問屋武蔵屋だった。四月一日を売り出し日として、店先に看板を出した。

「すごいねえ、さすがは江戸でも指折りの酒問屋だ」

と、江戸の人々は話題にした。読売《よみうり》にも書き立てられた。

「そんなこと、武蔵屋さんだからこそできるんだよ。かつがつやりくりしているような店じゃあ、無理だよ」

「確かに、大きな金子《きんす》が動くんだろうねえ」

集まった者たちが、口々に言う。

武蔵屋はこの酒の販売のために、盛り場にも高札を立て、宣伝のための引札《ひきふだ》も配った。その日暮らしの者には目の飛び出るような価格だったが、瞬く間《またた》に買い手がついた。そしてこの勢いで、さらに仕入れを増やし売ろうという見込みで、評判を高めるための催しを行うことにした。

新酒番船の折に届いていた灘桜の四斗樽の鏡を、三つ開く。集まった者に、なくなるまで一合升で振る舞うというものだった。

「下り酒など買えない、おれたちのような貧乏人に振る舞っても、しょうがねえんじゃねえかねえ」

先ほどの人足ふうが言った。

「馬鹿だな、おめえは。それでもいいんだよ。飲んだやつらは、いろいろなところへ行って、美味《うま》かったことを喋る。それが江戸中に広まる。武蔵屋にしてみれば、四斗樽三つくらいでさらに評判が上がるならば、お安いもんじゃねえか」

「なるほど、そういうことか」

そこで集まった者たちから、大きな歓声が上がった。武蔵屋の小僧たちが、灘桜と印附《いんふ》された薦被りの酒樽をうやうやしく運んできた。三味線《しゃみせん》の音も一緒に響いている。いつの間にか、数人の綺麗《きれい》どころも姿を見せていた。

店の軒下には、一合升が積み上げられている。升には武蔵屋の屋号が、焼き印で捺《お》されてあった。

「おお、あれは役者の……」

「そうだ中村銀四郎《なかむらぎんしろう》じゃねえか。武蔵屋は金を使って、あんな役者まで呼んだのか」

眉《まゆ》の濃い、鼻筋の通った男前、三座で評判の二枚目である。この中村銀四郎が、手にしている木槌《きづち》で鏡を割る。

「やることが、憎いじゃやねえか」

他の中年の職人ふうが口にした。

中村銀四郎に続いて現れたのは、武蔵屋の主人市郎兵衛《いちろべえ》だ。それに銀町の町役人《ちようやくにん》が続いている。また先代の実弟にあたる、大伝馬町《おおでんまちよう》の大店の太物《ふともの》商い大和屋《やまとや》の主人勘十郎《かんじゆうろう》の姿もあった。最後尾に、五十年配の女と二十代半ばとおぼしい歳の、羽織姿の若旦那ふうの姿があった。

また別の場所には、山城屋《やましろや》や備前屋《びぜんや》、淡路屋《あわじや》といった新川河岸の酒問屋の主人の顔も見られた。

集まった者たちのざわめきは絶えない。

「武蔵屋の主人は、まだ若いな」

「あたぼうよ。二十七とか八とかって聞いたぞ」

「そういえば三年くらい前に、先代の主人が死んだって聞いたな。じゃああれは、やり手の二代目というわけだな」

「二代目じゃねえ。四代目か五代目のはずだ。店の銭箱には、いつでも小判がうなっているらしいぜ。あの後ろにいる若旦那ふうが、主人市郎兵衛の弟で次郎兵衛《じろべえ》だ」

「なるほど、兄弟だから顔が似ているじゃねえか」

「あれは、芝浜松町《しばはままつちよう》で小売りの店を開く武蔵屋の分家だ。間口五間の店で、本家の酒を売っている。そこも繁盛しているらしいぜ。その横にいるのが、お丹《たん》てえ先代市郎兵衛の女房だ。兄弟のおっかさん、てえわけだな」

「なるほど。高そうな着物を身に着けていやがるな。髪に挿《さ》しているのは、鼈甲《べっこう》の簪《かんざし》じゃねえか」

「なにしろ下り酒商いだけでなく、江戸のあちこちに土地や家作を持っていて、その実入りがとんでもねえ額になるっていうからな」

「なるほど、分限者《ぶげんしや》ってえわけか」

聞いていた者は、ため息を漏《も》らした。

主人と中村銀四郎、それに町役人たちが集まった者たちに向かって並んだ。市郎兵衛が一歩前に出て、声を張り上げた。

「お集まりの皆様方」

そう告げると、三味線の音が鳴りやんだ。集まった者たちもお喋りをやめて、市郎兵衛に顔を向ける。

満足げに頷いた市郎兵衛は、言葉を続ける。

「武蔵屋が仕入れました灘桜は、たぐいまれなる芳醇《ほうじゅん》な味わいのある下り酒でございます。皆様方にご賞味いただけるのは、何よりの喜び。四月一日の売り出しには、どうぞこぞってお買い求めくださいますよう」

「わあっ」

ここで歓声が上がった。いよいよ、鏡が開かれる。多くの者は、口上よりもこの瞬間を待っていた。

樽の一つを銀四郎と市郎兵衛が囲んだ。ここで銀四郎が、大きな目をさらに見開いて、黒目をぐるりと回す。そして両手を広げ、舞台でやる大見得《おおみえ》を切った。集まった者たちは、やんやの喝采《かっさい》で盛り上がった。

二人が木槌を振り上げ振り下ろすと、鏡が割れて中の酒が飛び散った。

手代の卯吉《うきち》は、店の軒下で三歳年上の定吉《さだきち》と共に、試飲の者たちに一合升を手渡す。これがなければ注いではもらえないので、目当てに来た者は我先に受け取ろうとする。

「並んでいただきましょう。そうでないと、お渡しできませんよ」

押すなと叫びたいのを我慢して、口元に笑みを浮かべながら卯吉は言う。定吉はにこりともしないで升を渡している。

柄杓《ひしゃく》を手に酒を注ぐのは、一番番頭の乙兵衛《おつべえ》を含めた四人の番頭たちである。並々と注いでやる。脇には山盛りにした塩の皿が置いてあって、好みの者は一つまみして升の縁に置く。

「うめえ、やっぱり味が違わあな」

大事そうに一口飲んだ人足ふうが、声を上げた。

「おれにも升を寄越《よこ》せ」

と割り込んでくる者もいる。丸太のような腕をした破落戸《ごろつき》ふうだ。荒《すさ》んだ気配の男で、並んでいた者たちは関わりを怖れて、場所を譲ろうとする。

「ちゃんと、うしろにつけ。勝手なまねをしやがると、ここから追い出すぞ」

房のない十手を手にした、土地の岡っ引きが現れる。まだ若い者だが、手にある十手の威光にはかなわない。他の、並んでいた者たちの目もあった。

破落戸は後ろに並び直した。

「助かるぜ」

卯吉は、岡っ引きの寅吉《とらきち》に声をかける。同《おな》い歳《どし》の十九歳で、幼馴染《おさななじ》みだ。

「なあに、頼まれたからよ。これもお役目だ」

寅吉は言った。すでにおかみのお丹から、駄賃を貰《もら》っているらしかった。

升は、三百七十を用意した。お代わりはさせない。少人数を酔わせることが目的ではなく、できるだけ大勢の者に味見をさせる。それが目的だった。だから番頭たちは、一度濡《ぬ》れた升には、酒を注がない。

飲み終えた者は、恨《うら》めし気《げ》な眼差《まなざ》しを四斗樽に向ける。あらかたの者は、それであきらめるが、そうでない者もいた。七、八人が、番頭の乙兵衛を囲んだ。破落戸や浪人といった者たちだ。

「実にうめえ。何としても、もう一杯もらおうじゃねえか」

と凄《すご》んだのである。その中には、先ほど割り込みをしようとした男も含まれている。あのときは一人きりだったから寅吉の言葉に従ったが、今度は数が違う。

「そ、それは」

飲ませてしまうと、この催しは収拾がつかなくなる。我も我もとなるのは目に見えていた。

「さっさとよこしやがれ」

乙兵衛が手にしていた柄杓を奪い取った者がいる。これが酒を汲《く》もうとした。

「や、やめろ」

取り返そうとした乙兵衛だが、他の破落戸に体を押さえられた。

「てめえら、ただじゃ済まねえぞ」

ここへ寅吉が、柄杓の男に躍りかかった。しかし一人きりでは、どうにもならない。柄杓を取り上げるどころか、複数の者から顔を殴られたり、腹を蹴られたりして地べたに押し倒された。

「わあっ」

あたりは騒然となっている。市郎兵衛やお丹は顔を顰《しか》めていた。他の手代や小僧は、おろおろするばかりだ。

こうなると、卯吉にしてもそのままにはしていられない。手元に棒があればそれを摑《つか》むところだが、あいにくない。

それでもともあれ飛び出した。寅吉を蹴る男の襟首《えりくび》を摑んだ。力任せに引いて、足をかけて押し倒した。体を地べたに転がした。これで男たちは身を引くかと思ったが、そうではなかった。

「このやろ」

他の者たちに囲まれた。

せっかくの催しである。できれば大きな出来事にしないで、収めたいところだ。しかしそうはいかなそうな雲行きだった。

「そうだ、もっと飲ませろ」

他にも声を上げた者が現れた。下り酒など、めったに口にできるものではない。味をしめた者が他にもいたのである。

二

卯吉は男たちを見回してから身構えた。そこへ定吉が寄って来たのが分かった。しかし助勢はそれだけだった。

「くたばれっ」

そう言って殴りかかってきた者がいる。その腕を摑んだ。捩《ね》じり上げて転ばそうとしたとき、他の者に太腿《ふともも》を蹴られた。握《にぎ》っていた手が離れた。

身軽になった男が、卯吉の頰《ほお》に握り拳《こぶし》を突き込んできた。体がくらくらするような一撃だった。

しかしここで、棒を持った白い衣装の男が躍り込んできた。男は棒を振って、再び卯吉を殴ろうとする男の二の腕を叩《たた》いた。びしりという高い音が響いた。

「うえっ」

破落戸は悲鳴を上げた。

棒はそれでは止まらず、脇にいた者の腹を突いている。あっという間のことだった。

「て、てめえ」

他の破落戸や浪人者たちが、これで動揺した。懐《ふところ》から匕首《あいくち》を抜いた者がいたが、白い衣装の男は、その小手を棒の先で打った。一瞬の動きだった。

「ひっ」

匕首を落とすと、まずその破落戸が逃げ出した。すると他の凄《すご》んでいた者たちも、脱兎《だっと》のごとく走り去った。

「どうした、どうした。何があったんだ」

そこへ着流しに三つ紋の黒羽織、十手を手にした定町廻り同心が現れた。霊岸島と日本橋界隈を町廻り区域にしている田所紋太夫《たどころもんだゆう》という三十代後半の男だ。四角張った赤ら顔で、濃い眉《まゆ》が毛虱《けじらみ》のように見える。

「いえ、実は、破落戸どもが絡んでまいりまして」

柄杓を取り返した乙兵衛が、そう伝えた。

「なるほど。せっかくの催しを邪魔しおって。しかしおれの顔を見て、慌《あわ》てて逃げ出したわけだな。もう大丈夫だ、終わりまでおれはここにいてやるからな」

田所は、偉そうに言った。白い衣装の男が追い払ったことには、まったく触れない。そもそもその男の姿も、消えていた。

「さあさあ、試飲を続けるがよい」

乙兵衛や回りを囲む者たちに、大きな声で言った。

升を手にしながら飲みそびれていた者たちが、歓声を上げている。樽の周りに集まって来た。

「これはこれは、お世話になりましたね」

田所のもとに、お丹と市郎兵衛が近づいた。殴られ蹴られした寅吉や卯吉には、目もくれなかった。

「なあに、お安いご用だ」

ふんぞり返っている。

「これは、些少《さしょう》ですが」

田所は相好を崩した。

「いやいや、気遣《きづか》いはいらぬ。当然のことをしたまでだ」

「まあこれが済んだら、奥でゆっくり、味わってくださいまし」

「うむ、そうか」

集まった者たちは、注がれる酒に目が行っている。しかし卯吉は、田所やお丹のやり取りに目をやっていた。苦々しい気持ちといっていい。

姿が消えてしまったが、棒を手に姿を現した白い衣装の男について、卯吉は何者か気がついていた。叔父の茂助《もすけ》である。亡くなった母おるいの弟だ。

歳は三十六で、諸国を巡る祈禱師《きとうし》をしている。草鞋《わらじ》履きで黒い烏帽子《えぼし》を被《かぶ》り、白い狩衣《かりぎぬ》を身に纏《まと》っている。背に箱型の祭壇を担っていた。

白い衣装は、茂助の狩衣である。棒は、常に手にしている長めの錫杖《しゃくじょう》だ。

叔父が、江戸に戻ってきたのだと卯吉は知った。武蔵屋へやって来て騒ぎに出会い、卯吉に助勢をしてくれたのである。

お丹や市郎兵衛は、茂助を知っていた。しかし二人にとって、母おるいは相容《あいい》れない宿敵といってもいい相手だ。だから茂助の働きを無視した。

茂助の方も、人混みの中に紛れてしまった。

「甘露、甘露」

棒手振《ぼてふり》とおぼしい老人が、嘗《な》めるように酒を飲んでいる。

そして四半刻《しはんとき》もしないうちに、酒と升はなくなった。集まっていた者たちも、飲み終えたところで少しずつ散っていった。

「酷《ひど》い目に遭《あ》ったな。唇《くちびる》の先が、切れているじゃねえか。顔が腫《は》れてもいるぞ」

ここで定吉が声をかけてきた。

しかしお丹も市郎兵衛も、そして次郎兵衛や乙兵衛も、一瞥《いちべつ》さえ寄越《よこ》さないで建物の中へ入っていった。

「さあ、片づけだ」

卯吉は定吉の言葉には応えず口にした。

小僧を使ってこれを指揮するのは、卯吉と定吉だ。市郎兵衛やお丹、中村銀四郎と招かれた町役人らは、築地《つきじ》の料理屋に移って宴席となる。これには分家の次郎兵衛も加わる。田所も同席するのに違いない。

「前以上に、きれいにしろよ」

と卯吉は声をかけた。店先は、塵一つ残さぬように掃除をする。打ち水もさせた。

「おまえは先代の子どもなのに、店のために怪我をしても、声掛け一つされない。宴席にも呼ばれないな。いつものことだが、おかみも旦那も、露骨なまねをするぜ」

定吉が言った。

卯吉は聞こえなかった顔で、掃除の指図を続けた。使った升は、ほとんどの者が持ち帰る。しかし道端に捨て置く者も中にはいた。店の焼き印を押した品だから、そのままにするのは堪《こら》えがたい気がした。

通りを歩いて、拾って集めた。

卯吉は、武蔵屋の先代主人市郎兵衛の子どもである。しかし女房お丹が産んだのは、今の主人の市太郎《いちたろう》と分家した次太郎《じたろう》だけだった。卯吉は妾腹《しょうふく》の子どもである。

卯吉の母おるいが亡くなって、それを機に十二歳で父の店に小僧として入った。その二年後に、先代市郎兵衛は亡くなった。そりが合わなかった長兄市太郎が店の跡を継いで主人となり、市郎兵衛を名乗った。次兄の次太郎は、二年前に分家をして店を出、次郎兵衛を名乗るようになった。

しかし卯吉はそのまま小僧で置かれ、ようやく去年の暮れに手代になった。先代の血を引きながら、他の小僧とまったく変わらない待遇を受けていた。

「まあ、これでひと段落だな」

すべての片づけが済んで、卯吉と定吉は周囲を見回した。間口六間半の店が、まだ春の日差しを浴びている。他の店を圧倒する、屋根の高い重厚な建物だ。

「やることは派手だがな、内証はひでえもんだ。こんな泥船、いつかは沈む。その前におれは、ここを出るぜ」

定吉が、店の建物を顎《あご》でしゃくって見せてから言った。卯吉は、どきりとした気持ちで定吉に目をやる。

誰もが羨《うらや》む盤石な商いをしている武蔵屋を、沈んで行く泥船に例えた。驚きの言葉といってよかったが、卯吉にしてみると気持ちの奥深いところで、ごくわずかに感じていたことでもあった。

誰にも口に出して言えない胸の奥に潜んでいる不安に、手代になって商いに加わるようになって気付いた。

「おまえは、こんな扱いをされても、店を出ることはないのか。こんなところにいつまでもいたって、ろくなことにはならねえぞ」

ぐさりと刺さる、定吉の言葉だった。その通りだと思っている。

「でも、私はここにいますよ」

卯吉はそう応じた。それ以外の返答は浮かばない。

「そうか、勝手にすればいい」

定吉は、言い返すこともなくその場から離れていった。

これについては、何度も胸の内で考えたことだ。先代の血を引きながら、何一つそれを考慮されないで過ごしてきた。いや妾腹の子として、他の小僧よりも厳しく当たられることもあった。

それでも店にいるのは、亡くなった父や、その片腕として店を背負ってきた大番頭の吉之助《きちのすけ》がいたからだ。

「おまえは私が死んだ後、武蔵屋を支える番頭になれ。市太郎では心もとない。私の血を分けたおまえだからこそ、店を守ることができる」

亡くなる間際に、枕元に呼ばれて言われた。そのときの父の言葉は、何年たっても忘れない。

母を失って身の振り先に迷っていたとき、父は当然のように自分を店に連れて来た。武蔵屋の子として、店に置いたのである。

しかしその父は、二年で亡くなってしまった。

そして父は、そのとき大番頭だった吉之助と、実弟で大伝馬町の太物屋大和屋へ婿《むこ》に出た叔父の勘十郎に、卯吉の後見を託した。お丹は父の死後、卯吉を追い出そうとした。新しい当主になった市太郎こと市郎兵衛も、卯吉のことは蛇蝎《だかつ》のごとく嫌っていた。しかしこの二人が、それをさせなかった。

大番頭と先代の実弟は、誰であっても無視できない。

ところがその大番頭の吉之助も、流行《はやり》風邪を拗《こじ》らせて亡くなってしまった。吉之助が生きていたら、もっと前に卯吉は手代になっていた。

吉之助が亡くなったときにも、お丹や市郎兵衛、そして次郎兵衛は、卯吉を追い出す算段をした。これを防いだのが、勘十郎である。勘十郎は婿に入った大和屋を、今となってはさらに商いを増やして大店に引き上げた。

武蔵屋の血縁の縁戚の者として、大きな発言力を持っていた。

「そろそろ手代にしてはどうか」

と、お丹や市郎兵衛に迫った。血筋、務めた歳月の長さ、顧客の評判も悪くない。手代にせざるをえなかった。

そういう後押しがあって、今の自分がある。妾腹の自分を、お丹や市郎兵衛らが憎むのは当然ではないかとも思う。しかし支えてくれた父や吉之助、そして勘十郎の気持ちは、卯吉にとって絶対なものだった。

母方の叔父茂助も、自分を助けようとしてくれている。

何があろうと、武蔵屋を出ることはできない。出てしまったら、己《おのれ》は何者でもなくなる。定吉がどう言おうと、店を出る気持ちにはならなかった。

三

新川河岸の対岸、武蔵屋の向かい側にある酒問屋に西宮からの酒が届いて、賑《にぎ》やかに荷下ろしが行われている。昼前の眩《まぶ》しいほどの日差しが、その様子を照らしていた。

少しばかり手が空いた卯吉は、店の外に出た。春の日差しを、浴びてみたかった。

「おや」

店の前にある武蔵屋の船着き場で、祭壇を背負い、白い狩衣を身に付けた祈禱師が煙草《たばこ》を吹かしていた。背中の祭壇を下ろして、対岸の荷下ろしの様子を眺めている。

叔父の茂助だった。

卯吉は店に戻って、五合の下り酒を手に入れた。もちろん銭を払っている。手代となれば、そのあたりの融通は利くが、勝手な持ち出しはしない。けじめをつけていた。

徳利《とっくり》に入った五合の酒を持って、船着き場に行った。

「叔父さん、昨日はたいそうお世話になりました」

鏡割りの催しで、卯吉は助けられた。その礼を口にしたのである。

「いやいや、おまえもたいへんだな」

茂助はねぎらいの言葉をかけてくれた。

「いえいえ、助けてもらいました。叔父さんに入っていただかなかったら、収まりはつかなかったですよ」

「なあに、おまえだって棒を手にしていたら、あれほど手こずることはなかっただろうよ」

口元に笑みを浮かべて、茂助は言った。

茂助は諸国を廻る祈禱師だが、思い出した頃に江戸へ戻って来る。それは母が生きていた頃から変わらない。どこで身につけたのかは分からないが、棒術の達人で、江戸にいるときは卯吉を仕込んでくれた。

確かにそれなりの長さの棒さえあれば、茂助にはかなわないが、破落戸や素浪人程度ならば怖いとは思わない。今でも早朝に、一人稽古《げいこ》を続けている。

「まあ、一杯やってください」

卯吉は、五合の酒徳利を差し出した。昨日の、礼のつもりだった。茂助は、お丹や市郎兵衛らには毛嫌いされているから、店に入ってくることはない。

「おおっ、ありがたいな」

叔父は酒に目がない。さっそく栓を開けて、ごくりとやった。

「うまいぞ。さすがは、下り物だ。灘の酒だな」

顔を綻《ほころ》ばせた。街道を東から西へ、西から東へ、町や村、宿場を渡り歩いて祈禱をする。そこで得られる銭で、暮らしを立てていた。

各土地土地の情報にも詳しい。子どもの頃から、ぶらりと現れては、旅で出会った面白い話、怖い話を聞かせてもらった。卯吉にしてみれば、楽しいひとときだった。

武蔵屋へ入ってからは、酒にまつわる話を聞かせてくれた。灘だけでなく、伊丹《いたみ》や池田《いけだ》、伏見《ふしみ》、金沢や多くの土地の酒蔵にまつわるものだ。

卯吉のために、わざわざ酒蔵の門を叩くこともあったらしい。

「武蔵屋では、灘桜を千樽仕入れるそうだな。たいした勢いではないか」

になった。

「ええ、支払いはたいへんそうですが」

灘桜は、新酒番船で一番になった酒だから、どこの酒問屋でも仕入れたがった。それを武蔵屋が、他を退けて独占した。ただそのために仕入れ値は、一割以上高いものになった。

もちろんそれでも、売れると計算した上での話である。

灘桜の蔵元淡路屋は、相手が老舗の武蔵屋だから独占販売を認めた。しかしだからこそ、支払いを始めとする決め事については、確実に行われなければならない。

「酒は、酒蔵が勝手に拵《こしら》えるわけにはいかない品だ。豊作不作によって、大きな違いが出る。百姓や酒蔵が、勝手に量を決めるわけにはいかぬからな」

「まったく、来年の見込みがつかないことがあります」

酒は、厳重な領主統制のある農産品だと、茂助は言っている。米の流通事情が、直接に領主の財政に繫《つな》がるからだ。豊作で米余りがあるときには、生産される酒の量を増やして、米価の下落を防ぐ。不作のときは、生産量を減らす。

酒造業は、藩財政の行方《ゆくえ》を左右する米穀加工業であるため、生産量が領主によって制限を加えられたのである。

「昨年は、知っての通り不作だった。したがって、酒造りに回せる米の量は減った。

淡路屋でも、例年よりも生産は減らされたと聞く」

「なるほど。灘桜の価値は、例年にも増して高くなっているわけですね」

「そういうことだ。希少酒で高級品だ。とはいっても、西国から樽廻船で江戸に入ってくる酒は、とてつもないほどに増えたな」

茂助は、新川河岸に並ぶ酒問屋を一渡り見回して言った。

「まったくです」

向かい側にある問屋の積み下ろしが済んだかと思うと、新たな荷船がやって来て、数軒先の問屋で荷下ろしが始まった。また小舟で、問屋から小売りへ運ばれる荷船の姿も見えた。

新川河岸は、活気づいている。

「元禄《げんろく》の頃は、年に六十四万樽ほどでしたが、家斉《いえなり》様の御世になって、下り酒が百万樽ほどになりました」

「いや、そんなになるか」

「はい。そのうちの七割ほどが、灘の酒となります」

これは手代として、下り酒問屋仲間の寄合いに駆り出されるようになって知った。店を守り、栄えさせるためには、ぼんやりはしていられない。

「それで、灘桜を積んだ船はどこのものか、いつこちらに着くのか」

「西宮の船問屋今津屋さんの船です。あと数日で、着くと思われます」

「そして月が改まった一日に売り出しをするわけだな」

茂助は、市郎兵衛の口上を聞いていたらしかった。

「昨日は、近所の問屋の者も来ていたな」

「はい。どういう催しにするか、様子を見に来ていたのでしょう」

「表向きは笑顔でも、妬《ねた》んでいる同業者や、仕入れ先を奪おうとしている者がいる。気を付けねばならぬぞ」

叔父は、思いがけないことを口にした。卯吉の頭に浮かんだのは、昨日無茶をしかけて来た破落戸たちのことだった。

「昨日の騒ぎは、何者かが仕向けてきたのでしょうか」

茂助が現れてくれなかったら、催しは頓挫《とんざ》したかもしれない。そうなると、灘桜の商いに、けちがつく。

「それは分からぬ。用心に越したことはないという考えだ」

ここで茂助は、祭壇を担った。酒徳利が、ちゃぷんと音を立てた。

「これから、どうなさるんで」

「旅に出る。東海道を、西へ向かうかのう」

はっきりとは、決めていない口調だった。気ままな祈禱の旅だ。何物にも縛《しば》られない叔父を、卯吉は少し羨《うらや》ましく思った。

「では、達者でな。また来るぞ」

そう告げると、さっさと歩き始めた。もう振り向きもしない。

店に戻ると、番頭の乙兵衛が代金を回収できないで戻ってきた手代を叱《しか》りつけていた。

「だからおまえは、役立たずだって言うんだよ」

甲高《かんだか》い声が響いていた。卯吉も、時々やられる。

朋輩《ほうばい》の手代は、取り立てにくい相手のところへ行ったのだが、そのあたりの斟酌《しんしゃく》はなかった。

蔵元淡路屋への支払いは、すでに半金が済んでいた。しかし残りの半金は、灘桜入荷後すぐにという条件になっていた。数日後に着く船のために、用意しなければならないが、乙兵衛の様子を見ていると、まだできていないのは明らかだった。

灘桜を仕入れる小売りからも、すでに前金を取り立てている。それでも残金の支払いが、まだできていない状態なのである。乙兵衛は焦《あせ》っていた。

こういう場面を目にすると、盤石と言われている武蔵屋の出納《すいとう》はどうなっているのかと不安になってしまう。吉之助が大番頭だったときは、こんなことはあり得なかった。

昨日は、酒樽三つを人々に振る舞い、役者に高額な日当を払って、町役人たちには酒宴でもてなした。市郎兵衛もお丹も派手好きだが、少なからざる費《つい》えがかかっている。乙兵衛の苦労も窺《うかが》えた。

ただ卯吉は、店の金の出入りについて、詳細を摑んでいるわけではなかった。手代としての役目は、小売りへの出荷と、代金の受取りが中心だ。出納に関わるのは、まだまだ先だった。

「ごめんなさいよ」

六十歳近い身なりのいい老人が、三十代半ば過ぎの番頭ふうを伴って、店に入ってきた。

「いらっしゃい」

と卯吉はじめ、奉公人たちは声を上げる。

羽澤屋《はざわや》亥三郎《いさぶろう》と番頭の兵助《ひょうすけ》という者だった。主人の市郎兵衛を訪ねて来た。どちらも、満面の笑みを浮かべている。まず乙兵衛に、丁寧《ていねい》な挨拶《あいさつ》をした。

「これはこれは、羽澤屋さん」

店へ出てきた市郎兵衛も、口元に笑みを浮かべて言った。そして履物《はきもの》をつっかけて土間に立った。

「ちと出かけてきますよ」

乙兵衛に声をかけると、市郎兵衛はそそくさと店の外へ出た。

「行ってらっしゃいませ」

と声が掛る。

亥三郎と兵助は、横に立っていた卯吉にも黙礼をすると、店を出て行った。市郎兵衛を、迎えに来たのだ。

卯吉は敷居の外に出て、その立ち去ってゆく後姿に目をやった。外で、三十をやや過ぎた年頃の浪人者が待っていた。三人の後ろをついて行く。身ごなしに隙《すき》の無い男だ。腕利きらしい。

用心棒といった気配だった。前に漆山《うるしやま》と呼びかけられているのを耳にしたことがある。

卯吉は亥三郎と兵助の笑顔を見ていて、先ほど叔父が口にした、「表向きは笑顔でも」気をつけろと口にした言葉を思い出した。一癖あるやつらだと、感じたのである。

四

翌日は、夜明け前から強い風と雨が降っていた。卯吉はその物音で目を覚ました。小僧は屋根裏部屋で寝床を並べるが、手代になると、倉庫裏にある長屋の一室をあてがわれる。

その戸が、ずっと音を立てていた。

「こりゃあ、春の嵐だ」

台所で朝飯を食べていると、小僧の誰かが言った。どこか嬉《うれ》しそうな響きがあった。

道には、木切れや笊《ざる》、桶《おけ》や欠けた瓦などが風で飛ばされてくる。風雨は止《や》む気配はまったくなく、かえって勢いを増してくる様子だった。

こうなると、店など開けられない。荷船を出すことも、荷車での荷運びもできそうになかった。荷入れも荷出しも不可能だ。小僧としては、またとない息抜きになる。

十五日の満月だが、それどころではない雲行きだ。

主人の市郎兵衛は、昨日は店に戻らなかった。夕方から風雨が出始めたが、何の連絡もなかった。

「どうせ吉原《よしわら》だぜ。いい気なもんじゃねえか」

定吉が言った。いかにも腹立たしそうな口ぶりだ。

羽澤屋が呼び出しに来たときは、いつも帰りが遅くなった。泊まることも珍しくない。

市郎兵衛には、小菊《こぎく》という器量よしの女房がいて、六歳になるおたえという娘があった。小菊は市郎兵衛が求めてもらい受けた女房だったが、仲良くしていたのは一年ちょっとの間だけだった。

今では、用事以外の口はきかない。同業の酒問屋の娘だから、お丹は無下な扱いはしない。しかし奉公人たちから見ると、不憫《ふびん》な気持ちになった。

小菊は明るい女ではないが、奉公人たちに偉そうな態度をとることはない。ずけずけとものを言ってくるお丹よりも、奉公人たちは好感を持っていた。武蔵屋の中で、唯一卯吉を、先代の子どもとして遇する人物だった。

とはいっても、気軽く声掛けをしてくるわけではない。卯吉にしたら、遠くから見ているだけの存在だった。

「それにしてもこの天気じゃあ、商いになりませんねえ」

乙兵衛は仏頂面をしている。一日も早く、淡路屋へ支払う金子を確保したいのだ。

「なあに、この嵐じゃあ船も遅れますよ」

と、三番番頭が変な慰め方をした。

「何を言っているんだい。万が一でも、今津屋の樽廻船が破船でもしたら、武蔵屋はとんでもないことになりますよ」

と乙兵衛が叱りつけた。もし破船となったら、前金を取って灘桜を仕入れた武蔵屋は、小売りへの納品をできず信用を失う。希少酒だから、再納品を求めることもできない。

昼過ぎになっても、風雨の収まる気配はなかった。夕暮れどきのように薄暗いままだ。

さしもの武蔵屋にも、訪ねてくる客は一人もいなかった。屋根を飛ばされた長屋があるという噂《うわさ》が、隣の商家の手代からもたらされた。重厚な建物の中にいるから、その虞《おそれ》だけはない。雨漏りもなかった。

そこへ、雨戸を叩く者が現れた。慌ただしい叩き方だった。店の土間にいた小僧が、潜《くぐ》り戸《ど》を開けた。

風雨と共に、男が入ってきた。蓑笠《みのかさ》を身に付けてはいても、全身濡《ぬ》れ鼠《ねずみ》だった。下り酒問屋仲間の、肝煎《きもいり》の店の手代である。

さして遠くもないのに、息を切らせた状態だ。

「何があったのか」

乙兵衛が問いかけた。

「こ、こんな風雨の中で、船出をした荷船がありました。霊岸島から、深川《ふかがわ》まで十五の酒樽を運ぼうとした平底船です」

「まさか、死ににゆくようなものじゃないか」

腹立ちの声を上げたのは、三番番頭だ。居合わせた手代や小僧たちが頷いている。

「それで、平底船はどうした」

「永代橋《えいたいばし》の橋桁《はしげた》と杭の間に挟まって、み、身動きができないでいます」

「船頭は」

昨日からの暴風雨である。大川は激流に覆われているだろうと誰もが考える。水に呑まれたと告げられても、誰も驚かない。

「船は横転しかけてます。あらかたの酒樽は、水の中に落ちました。で、でも、船頭は橋桁にしがみついていまして」

半泣きの声で、手代は告げた。

「そ、そうか」

助けを求めに来たのは、明らかだった。下り酒の問屋仲間の荷を運ぼうとして、災難に遭った。出航に無理があったとしても、仲間の店の一つとして、知らぬふりはできない。

「ひ、一人ずつ、各店から出してほしいというのが、き、肝煎の、願いです」

一刻を争う出来事だ。ぐずぐずはしていられない。

しかし救出は、命懸けだ。そこへお丹が、姿を現した。

「うちからも、出しますよ」

と声を上げた。そして手代や小僧を見回した。お丹が目を止めたのは、卯吉のところでだった。

「ああ、卯吉。おまえに行ってもらおう。おまえならば、腕力も性根もすわっているからね」

口にしたのはお丹ではなく、乙兵衛だった。こんなときばかり、褒《ほ》め言葉を口にした。

「そうだ。水練が誰よりも上手だった」

これは三番番頭だ。他の手代や小僧は、どこか安堵《あんど》の表情を見せて、顔を見合わせた。

「分かりました。私が行きます」

卯吉は即答した。誰が行くべきかで、問答する暇はない。この間も平底船の船頭は、永代橋の橋桁に、必死の思いでしがみついているはずだった。

もちろん反対する者などいない。武蔵屋からも、誰かが行かなくてはならなかった。

手早く蓑笠を身に付けた。店の潜り戸から、飛び出した。

永代橋の橋袂《はしたもと》へ行くだけでも、難渋した。蓑笠を着けていても、一瞬にしてずぶ濡れになった。雨が目に入る。足が泥濘《でいねい》に滑った。

橋袂に、番小屋がある。そこに十二名が集まった。その中には、土地の岡っ引き寅吉や船問屋今津屋の江戸店《だな》の若い衆も含まれていた。平底船は、今津屋にいて持ち船を手に入れた者だという。

長い太縄が用意されていた。

「これを一人が身に付けて、欄干《らんかん》から下へ降りる。船頭を救って、他の者が引き上げる。その他に、助ける手立てはない」

肝煎の店の番頭がそう言った。居合わせた者は、誰も返事をしない。下りて行く者は、死と隣り合わせになる。十一人で縄を引くとしても、誰かが手を抜けば、船頭と共に激流の大川に呑まれる。

しかし他に手立てがないのも事実だ。悩んだり躊躇《ためら》ったりしている暇はない。

「私が下りましょう。皆さんで支えてください」

卯吉が言った。上ずった声になったのが、自分でも分かった。

「よし、それで行こう」

寅吉が、弾かれたように応じた。

「おめえの命を、おれたちが必ず引き上げるぜ」

と他の者が続けた。

すぐに太縄を、卯吉の体に巻き付けた。これでもか、というくらい頑丈《がんじょう》にやった。

そして一同で、橋を渡り始めた。

平底船が引っかかっているのは、三分の一ほど渡ったところだ。慌てているから、濡れそぼった橋板に足を滑らす者もいた。

目を開けると、雨水が飛び込んでくる。避けようと顔の向きを変えると、これを追うように風の向きが変わって、また雨水が目を襲ってきた。

どうにか、目的地に辿《たど》り着いた。欄干を両腕で摑みながら、下に目をやった。ごうと、激流が下ってゆく。まるで意志を持った生き物のようだ。

橋桁にしがみついている船頭の姿は、確認できなかった。ただ橋桁と杭に挟まれた、木の葉のように揺れる平底船の姿だけが見えた。

橋の上で、立っているだけでも命懸けだ。風雨で、橋から吹き飛ばされそうになる。

卯吉以外のすべての者が、太縄を手に取った。

「下ろすぞ」

「おう」

卯吉の体が、欄干から下へ降りて行く。

「慌てるな。ゆっくりやれっ」

寅吉が叫んでいる。怒声といってもよいくらいだ。しかしその声は、風に流された。

「ああっ」

体が風で激しく揺れる。これは予想もしないことだった。まるで振り子のようだ。風の向きが変わると、揺れる方向も変わった。肩がいきなり、途中の橋桁にぶつかった。鈍い痛みが体を駆け抜けた。

しかしその感覚さえもが、揺れる風雨の中で麻痺《まひ》していきそうだった。

平底船に近づいた。跳ねた激流が、下から飛びついてくる。卯吉は橋桁に、目を凝《こ》らした。

すぐには人の姿など見えない。橋桁は思いがけず太かった。

「おおっ、いたぞ」

ようやく探すことができて、叫び声になった。

ずぶ濡れの男が、橋桁にしがみついている。ただ疲れ果てているのは、明らかだった。今にも手が離れて、水に呑まれていきそうだ。

相変わらず、卯吉の体は振り子のように揺れる。船頭に近くなったところで、声を限りに叫んだ。

「助けに来たぞ」

だが一回目、船頭は気付かなかった。しがみついているだけでも、やっとなのがよく分かった。すでに精も根も使い果たしている。

そして次の揺れは、船頭の体近くへ行った。

「おおいっ」

さらに声を張り上げた。するとそれで、船頭が顔を向けた。目が合った。

向こうの目に、生きようとする炎が灯《とも》ったのを卯吉は感じた。両手を広げた。

機会は一度だけだ。近寄ったときに、飛び移らせる。その一度をしくじったら、船頭は激流の餌食《えじき》になる。

けれども次の揺れは、風の向きが変わって、離れたところを揺れた。なかなか近づけない。

何度かの揺れを繰り返したところで、ようやく船頭の体に至近距離で近づいた。

「よし。飛びついて来い」

卯吉は叫んだ。一瞬が勝負だ。

船頭の体が、すっと橋桁から離れた。その体が、揺れたこちらの体にぶつかった。

卯吉は必死の思いでそれを、両手で摑んだ。帯のあたりを片手が握っている。もう一方の手を向こうの腰に回した。

船頭の方も命懸けだ。両腕をこちらの首に回してきた。互いに、しがみつき合う形になった。

この衝撃で、二つの体は激しく揺れていた。

「早く、早く引き上げてくれ」

こちらの動きは、縄を握る手の感触で分かるはずだ。橋上にいる者たちに伝わることを、神に念じた。

「ああ」

縄が引き上げられてゆく感触があった。

しかし腕には、千切《ちぎ》れるのではないかと思うくらいの痛みがあった。少しでも気を緩めれば、濡れた体は滑り落ちる。渾身《こんしん》の力で、体を密着させた。

二つの体は、欄干の横までいった。そのまま引きずり上げられた。

釣り上げられた魚のように、橋板の上に転がった。ここで初めて、二つの体が離れた。どちらの腕力も、使い尽くされていた。

五

「だ、大丈夫か」

寅吉ら、橋上で縄を引き上げていた者たちが集まった。どれも、必死の形相だ。

「ああ、た、助かった。ありがてえ」

船頭は掠《かす》れた声で言った。起き上がろうとするが、すぐには立ち上がれない。疲労困憊《こんぱい》だ。卯吉にしても同じだった。

「よかった」

「おう」

声が上がった。濡れそぼった男たちの顔にも疲れがあるが、そこに安堵《あんど》と笑みが広がった。

縄に吊《つ》るされて下へ降りた自分だけが、たいへんだったのではない。この男たちがいたからこそ、二人は無事に引き上げられた。滑る足元、自らも暴風雨に身をさらされながら、縄を引いたのである。

卯吉はそのことを考えた。

「皆のお陰だ」

自然に言葉になった。

しかしいつまでもこの場にはいられない。二人の者が船頭に肩を貸して、立ち上がらせた。足を踏みしめて、歩み始めた。卯吉には、寅吉が肩を貸してくれた。

吊るされていた間は気付かなかったが、体のあちこちをぶつけていた。その痛みが、全身に沁《し》みてきた。

袂の橋番所へ辿り着くと、今津屋東三郎《とうざぶろう》が飛び出してきた。

「皆さん、よくやってくださった。御礼を申し上げます。私の家へ行って、乾いたものに着替えてくださいませ。熱い雑炊《ぞうすい》も用意してございます」

と頭を下げた。いかにも律儀そうな身ごなしだ。

今津屋は、何艘《そう》もの樽廻船を持つ西宮の船問屋の江戸店だ。四十三歳になる東三郎は、そこの主人だった。そして、助けられた船頭の方へ向き直った。

「馬鹿野郎。無茶をしやがって。おまえの命だけでなく、他の誰かにも何かがあったらどうするんだ」

と怒鳴りつけた。無謀な船出を叱ったのだ。

助けられた船頭の名は、惣太《そうた》といった。歳は二十九歳で、二年前まで今津屋で雇われ船頭をしていたが、持ち船を持って独立した。小さな荷をご府内や近郊へ運んでいた。今津屋からも、小さな仕事を請け負っていた。

「す、すいやせん」

惣太は、頭を下げた。濡れそぼった髪や体から、滴《しずく》が落ちている。これは卯吉を含めた橋に行った者は、どれも同じだ。

今津屋は、橋袂からすぐ先の北新堀町《きたしんぼりちょう》に店を構えている。新堀川の北河岸だ。

近いということもあるし、惣太と浅からざる縁があるということで、救助の者たちを招くことにしたらしい。今津屋は、武蔵屋だけでなく、新川河岸の多くの下り酒問屋と約定《やくじょう》を結んで商いをしていた。

「お疲れさまでございました。ささ、どうぞ」

そう言って一同を迎えたのは、年の頃十八、九の娘だった。まず一人一人に、乾いた手拭《てぬぐ》いを手渡した。人数分の乾いた着替えも、用意をしていた。

東三郎の一人娘お結衣《ゆい》である。きびきびした動きで接してゆく。

男たちは板の間で、濡れた着物を脱ぎ棄てる。次々に裸になるが、お結衣は気にしない。新たな乾いた手拭いを配った。

「まあ」

卯吉の体の腫《は》れに気がついて、お結衣は声を上げた。

「平気ですよ、これくらい」

かまわず着物を身に着けようとしたが、「待ってください」と言われた。

軟膏を持ってくると、卯吉を座らせ患部に塗ってくれた。優しい指遣《ゆびづか》いだった。

「すみませんね」

「とんでもない。卯吉さんのお働きについては、今しがた聞きましたよ」

と応じた。口元に笑みさえ浮かべていた。

「そ、そうですか」

面はゆい気がした。大げさに褒められたわけではないが、嬉《うれ》しかった。

武蔵屋は今津屋の船を利用しているから、お結衣とは、会えば挨拶《あいさつ》くらいはしていた。しかし仕事以外の話をしたのは、初めてだった。

武蔵屋で誰かに優しくされることなどないから、この対応は心に残った。

軟膏を塗り終えて、お結衣が他の者の世話を始めても、卯吉はしばらくその姿に目をやっていた。

「おい、何を見惚《みと》れているんだ」

寅吉にからかわれた。

熱々の雑炊を、ふうふうやりながら食べた。春とはいえ、風雨にさらされた体は冷え切っていた。腹も減っていた。

「うまいな。実にうまい」

何人もが、声を漏らした。体も温まった。

あれだけ激しかった風雨が、徐々に収まってきている。空が明るくなってきた。傘《かさ》を差して、歩いている者の姿があった。

こうなると、商いが再開される。集まった者たちは、それぞれの店に戻ることになった。

「これを、持って行ってください」

卯吉が今津屋を出ようとすると、お結衣が追ってきて、軟膏の入った貝殻をくれた。片手で包めるほどの大きさだ。

「ありがとう」

好意を受け取って、袂に落とし込んだ。歩きながら、二度ほど袂の外から触った。

武蔵屋へ戻った卯吉は、まず帳場格子の内側で算盤《そろばん》を弾いていた乙兵衛に事の次第を報告した。

「そうかい。じゃあ、仕事に戻ってもらおうか」

算盤から手を放さず、顔だけ向けて言った。すぐに算盤に目を落とすと、指が珠を弾いた。

卯吉は次に、奥の部屋にいるお丹に報告をした。

「船頭が無事だったのは、何よりだ」

聞き終えると、そう言った。そして付け足した。

「今津屋さんで借りた着物は、ちゃんと返しておくんだよ」

ねぎらいの言葉ではなかった。それで行っていいと、手で払う仕草をした。

廊下を歩いていると、兄嫁の小菊が近づいてきた。

「ご苦労様でしたね。怪我がなくて、何よりです」

「お陰様で」

店に戻って、初めてねぎらいの言葉をかけられた。とはいっても、さらに言葉を交わしたわけではなかった。

次に定吉が近づいてきた。苦虫を嚙《か》み潰《つぶ》したような顔をしている。

「ゆうべから出かけていた市郎兵衛が、風雨が収まってきた頃に戻ってきたぜ。朝帰りどころか、昼過ぎ帰りだ。いい気なもんだぜ」

吐き捨てるような言い方だった。旦那であろうと一番番頭であろうと、卯吉と二人だけで話すときは、呼び捨てにする。さらに続けた。

「おまえが永代橋へ行ったことを乙兵衛が伝えていたが、何も言わなかった。どうでもいいってえ面《つら》だった」

「そうか」

まあ、そんなところだろうと思った。腹が立つわけではなかった。

「そしてまた、出かけていった。どこへ行ったか知らないが」

不満げな顔をしたまま、離れていった。定吉も、ねぎらいの言葉をかけてきたわけではなかった。ただ気にしてはいたようだ。

夕方あたりになって、西日が差し始めた。風雨はすっかり止んでいる。水たまりが、朱色の日を跳ね返した。

卯吉が顧客の小売店へ行って灘桜の前金を受け取って戻ると、叔父の大和屋勘十郎がいて乙兵衛と話をしていた。

「永代橋では、たいへんだったな。怪我はなかったか」

こちらの顔を見ると、真っ先に言った。永代橋での一件を聞きつけて、やって来たらしい。

「はい。お陰様で」

道はまだぬかるんでいる。それでも来てくれたのは、ありがたかった。

勘十郎は、卯吉が武蔵屋でどう遇されているかを知っている。だからこそ案じたのだ。甥《おい》として気になるから、怪我のことを尋ねてきたのである。

「ならばよい。人助けができたのは何よりだ。ただ己《おのれ》の命は、大事にしなくてはいけない」

出かけたことは、良しとしている。労を認められた、という気持ちだった。救助へ行ったことに、満足を感じた。

武蔵屋の縁者の中で、卯吉が心を許せるのは勘十郎だけだった。

「昨日からの春嵐は、ことさら酷《ひど》かった。海は荒れたのだろうな」

「まことに。気がかりなことでございます」

勘十郎に言われた乙兵衛は、深いため息をついた。

そろそろ灘桜千樽が、西国から江戸へ着く。酒樽自体は濡れても構わない品だが、船体に破損などがあれば、被害は大きい。また風向きや潮の流れによって、長期間どこかの湊《みなと》に停泊を余儀なくされることもある。

到着にはゆとりをもって出航しているはずだが、酒の発売に遅れる場合もないとはいえなかった。二人はそれを気遣ったのだ。

「下田《しもだ》は通り過ぎたとの知らせが、すでに入っています」

乙兵衛は言った。

六

翌十六日もその次の十七日も、天気は上々だった。一昨日《おととい》の嵐は嘘のようだ。

看板を飛ばされた商家や、屋根の板を飛ばされた長屋もあるが、おおむねは修理ができた気配である。怪我人は出たが、死人があったという話は聞かない。

一時は木切れや欠け瓦、小枝や落ち葉が道に散っていたが、今はすっかりなくなった。水たまりには小僧を使って泥を埋めた。武蔵屋の前の道は、何事もなかったようになっている。

ただ卯吉は、灘桜を積んだ荷船がどうなったか気になっていた。主人の市郎兵衛は何も言わないが、勘十郎や乙兵衛は気にしている。仲買や小売りに対して、期日の四月一日に納品できなければ、酒問屋としての信頼を失う。

武蔵屋が少々無謀な商いをしても、これまで何とかやってこられたのは、先代の市郎兵衛や大番頭吉之助が相応の信頼を得てきていたからに他ならない。

その信頼を守るのは、次の世代である自分たちだと卯吉は思っている。

「そろそろ、何か言ってきそうだねえ」

とお丹も気にし始めた。納品の期日まで、すでに半月を切っている。

卯吉は借りた着物を返しながら、今津屋へ行って様子を聞いてみようと考えた。灘桜千樽は、今津屋の樽廻船が運んでくる。

北新堀町は、目と鼻の先といっていい。所用で仲買人のもとへ行く途中で立ち寄ることにした。借りた着物を返すという理由もある。支度をしてくれ、軟膏をくれたお結衣に礼を言わねばという気持ちもあった。

欠かさず塗っているからか、腫れは小気味がいいくらい引いていった。自分で塗っていると、お結衣が塗ってくれたときの感触を思い出した。

「まあ、卯吉さん。先日は、たいそうお世話になりました」

今津屋の敷居をまたいで声をかけると、姿を現したのはお結衣だった。予想をしていたことだが、少しだけ卯吉はどきりとした。

名を呼ばれたことが、こそばゆかった。

「着物を返しに来ました」

「それはそれは、ご丁寧《ていねい》に。腫れのほうは、引きましたか」

着物を受け取ってから、問いかけてくれた。

「お陰様で、すっかり良くなりました」

「ならばよかったですね」

笑顔を向けてよこした。それにも、どきりとした。年頃の娘に、そんな笑顔を向けられたことは記憶にない。

「…………」

返す言葉が、すぐに出なかった。

そこへ東三郎が姿を現した。やり取りを耳にしたのかもしれない。何を口にするべきかと、困っていたところだからほっとした。ただもう少し、二人だけで話をしたい気もあった。

「先日は、卯吉さんの働きが大きかった。橋の上で引いてくれた方々もありがたいが、あなたの働きについては惣太から聞きました」

これまでは気難しそうな表情ばかりを目にしてきた。しかしあの日から、様子が変わった。

「あの嵐は、伊豆《いず》の方にも吹いたのでしょうか」

樽廻船が頭にあるので、問いかけた。船は下田を出たところまでは聞いている。しかしその先は分からない。これが一番気になっていた。

「武蔵屋さんとしては、心中穏やかではないでしょうね。私も案じていたところです」

東三郎は、顔を曇らせた。

「知らせは、ないのですね」

「あれば、お知らせに行きますよ」

浦賀《うらが》はすでに出ているが、その後の知らせはないという。もちろん品川《しながわ》沖にも着いていない。

江戸へ出てきた千石積みの樽廻船は、大きすぎて霊岸島の新川河岸には接岸できない。品川沖に停まって、惣太が扱うような中小の荷船が受け取りに行き河岸まで運ぶ。

今津屋の江戸店は、西宮と江戸を行き来する樽廻船の手当てをするだけでなく、大型船から河岸までを運ぶ荷船の手当ても行った。

「ということは、浦賀から品川までの間の、どこかに停まっているわけですね」

「そうだと思います。あの嵐ですからね。まさか船出はしていないでしょう。船頭は蔦造《つたぞう》という四十男で、惣太のような無茶をする者ではありません」

船の名は、玄海丸《げんかいまる》だそうな。

「嵐の間は、どこかに寄港したわけですね」

「だと思います。難破や衝突といった話は、あれば伝わる手はずになっていますが、今のところ正式なものはありません。まあいずれにしても、数日くらいは遅れるかもしれません。船に故障があれば、修理をしなくてはなりませんから」

取り立てて遅いというわけではない。客に告げた販売の日までは、まだ十日以上ある。

「あと数日は、様子を見るしかありませんね」

「はい。乙兵衛さんには、そうお伝えください」

東三郎は言った。

「ただ、気になることがあります」

ここまで黙って聞いていたお結衣が、顔を曇らせて言った。

「何ですか」

「灘桜を積んだ玄海丸が、難破したという噂が、一部に流れています。うちにも、問い合わせが来ました」

「そんな知らせは来ていないと伝えましたがね、広がっている様子です。何者かが、思い付きを面白おかしく喋ったのではないでしょうか。それが広がって」

東三郎も、顔に困惑の気配を浮かべた。しかしすぐに表情を変えて言い足した。

「しかしそんな作り話は、すぐに消えるでしょう」

「ええ、そうだと思います」

卯吉にしてみれば、深刻に受け取ったわけではなかった。今津屋からは、これで引き上げた。

用事を済ませて武蔵屋へ戻ると、大口の顧客である小売りの店の初老の主人が来ていて、お丹と乙兵衛が話をしていた。

聞き耳を立てると、まさに今津屋で聞いた、玄海丸難破にまつわる話だった。

「期日に遅れるのは、たとえ一日だって困りますよ。守っていただくということで、割高な卸し値に応じたわけですからね」

噂を鵜《う》呑《の》みにしたのではなさそうだ。激高しているわけではない。ただ小売りの店にしても、期日を破ることは商いの信用にかかわる。

そこで念を押しに来たのだと察せられた。

お丹も乙兵衛も、一つ一つ頷きながら聞いていた。焦ってはいない。お丹は口元に笑みさえ浮かべていた。

「大丈夫ですよ。もしそんなことがあったら、半額で卸しますよ」

お丹は胸を張って、堂々とした様子で口にした。自信に満ちた、老舗のおかみらしい風格を感じさせた。

「いやいや、分かっていますよ。武蔵屋さんのなさることだ。万に一つも、間違いなどありますまい」

降参した、というていで客は頭を下げた。余計なことを言いに来たと恥じ入るようなしぐさに見えるが、この客はしたたかだ。一日でも納品が遅れたら、仕入れ代金を半額にするという言質《げんち》を取ったのである。

慇懃《いんぎん》な様子を崩さず、店から引き上げていった。

「ふう」

乙兵衛は、姿が見えなくなったところでため息をついた。

そしてしばらくしたところで、四千石の旗本家の用人が供の中間を連れて姿を現した。ご大身ではあるが、店としては小売店ほど大きな商いにならない。しかし大名家や大身旗本家へ出入りしているとなれば、店の格を上げる。

大事な客と言ってよかった。

「当家では、若殿様の祝言《しゅうげん》披露に灘桜を使う。分かっておるな」

「もちろんでございます。日取りも承知をいたしております」

乙兵衛は満面の笑みを浮かべて応じた。披露の日は、公表した販売日の翌々日だ。

「しかしな、とんでもない噂を耳にしたぞ」

用人は言った。前に来た主人よりも、慌てた気配がある。

けれどもここでも、お丹は胸を張った。自信に満ちた眼差しを、相手に向けた。

「めでたい若殿様のご祝言に、傷がつくようなことは、武蔵屋の名に懸けていたしません。万々一不備がありましたら、代金はいただかず、お望みの他の銘酒を倍の量でお届けいたします」

と告げた。武蔵屋は、少々のことではびくともしないぞという態度である。

「うむ。その言葉、しかと聞いたぞ」

これで用人は、引き上げていった。

卯吉はこの様子も、店の端で見ていた。確かにお丹は、立派に見えた。今では商家の女房だが、生まれは旗本家で、それなりの気品といったものがあった。

ただよけいな見栄を張る、といった気質を卯吉は感じる。

「あんなことを言っていたら、ほかの客も、面倒なことを言ってくるぞ」

耳元でささやいた者がいた。顔を見なくても、声だけで定吉だと分かった。定吉も、二人の客とのやり取りを聞いていたらしい。

「一人の客にした甘い話を、それを聞いたと他の客から求められたら断れるか」

「無理でしょうね」

「当たり前だ。あの女は、商いについては素人だ。にもかかわらず口出しをするから、店の屋台骨が揺らいでくるんだ」

「…………」

「もし船が一日でも遅れたら、武蔵屋は終わりだぞ」

どきりとする言葉だった。

手代としては先輩の定吉は、乙兵衛の下で出納にもかかわる。何かを知っているのかもしれなかった。

「まさか、そんなことが」

問いかける気持ちで、卯吉は定吉の顔を見た。しかし顔を顰《しか》めただけで、酒蔵の方へ行ってしまった。

どこか斜《はす》に構えた男だが、仕事で手を抜くなどはしない。それは同じ釜の飯を食っている自分が、日々目にしていた。

七

武蔵屋は、本所や深川にも顧客があった。卯吉は大島川《おおじまがわ》沿いの蛤町《はまぐりちょう》にある料理屋へ、納品のための打ち合わせに行った。ここでも、灘桜を仕入れることになっていた。

「納品が遅れたら、半額にするっていう話を聞きましたよ」

おかみが言った。そういう話が伝わるのは早かった。

「私は、そういう話はしていませんが」

笑みを浮かべて、やんわりと返す。一昨日、定吉と交わした会話を思い出した。

「まあ、お丹さんとじっくりお話をさせていただきますよ」

おかみはそう返した。手代に話しても、意味はないと考えたのかもしれない。いずれ数日のうちに、店にやって来るのだろう。

昨日も、そういう客が店に顔を出した。もう十九日になる。じりじりするのは当然だ。

期日までに荷船が着けばそれでいい話だが、卯吉にしてみれば気になるところだ。いや、灘桜に関わりを持つすべての者が、穏やかならざる気持ちで過ごしている。

用が済んだ卯吉は、仕入れの綴《つづ》りを合切袋《がっさいぶくろ》に入れて料理屋を引き上げる。大島川を、荷船が櫓音《ろおと》を響かせていき過ぎていった。

永代橋を行き交う人の数は少なくない。武家も町人も、僧侶もいる。西河岸へ向かう卯吉を追い抜いて、職人ふうの男が目の前を歩いてゆく。

二十歳くらいの年恰好《かっこう》で、ちらと目にした顔は、鼻筋が通っていて男前だった。先日間近に見た役者の中村銀四郎に似ている。縞《しま》の着物が、鯔背《いなせ》に感じた。

ただ、取り立てて注視したわけではない。卯吉よりも足早で、少しずつ間が開いてゆく。男は、永代橋を渡り終えた。

橋の袂は、広場になっている。床店や屋台店が並んでいる。その店の間から、娘が飛び出して、前を歩いていた男に声掛けをした。口元に笑みを浮かべている。待っていたものと思われた。男も立ち止まって、二人で広場の端に退いた。

「はて」

卯吉は小さな声を漏らした。娘の顔に、見覚えがあったからだ。今津屋のお結衣である。

二人は何やら話を始めた。お結衣はこれまでは見たこともないような、生き生きとした表情をしている。

卯吉はどきりとしている。丁度《ちょうど》橋を渡り終えたところで、慌てて橋番所の横手に身を隠した。店へ帰るために歩を進めると、どうしても近くを通らなくてはならなかった。それが憚《はばか》られたのである。

別にこそこそする理由はない。胸を張って前を通り過ぎればいいと考える。目が合ったら、頭を下げればいいだけの話だ。

けれども卯吉は、それができなかった。

二人は親しげだ。話をするお結衣は、楽しげに見えた。好いて好かれる仲なのではないかと察した。

心の臓が、小さな音を立て始めている。そのまま建物の陰に身を置いて、二人の様子を眺めた。用足しの帰りであることを、忘れていた。

男も、物腰は優しそうだ。ただどこかに、荒んだ気配を感じた。とはいっても、破落戸といった様子ではない。

お結衣が、しきりに話しかける。そして男が、何か思い切ったといった顔になって言葉を発した。どこかに冷ややかな印象があった。

その一瞬、お結衣の顔が強張《こわば》っている。卯吉はそれを、見過ごさなかった。

お結衣は、すぐに笑顔を向けている。男は二言三言続けてから、お結衣に背中を向けた。そのまま永代橋を、東へ戻り始めたのである。

お結衣は呼びかけようとしたが、できなかった。ただ後姿を見送るだけだった。その様子が悲しげに見えて、卯吉は胸が痛くなった。

「男はいったい、何者か」

そのままにはしておきがたい気持ちになった。考える間もなく、卯吉は男の後をつけた。背中を向けているから、お結衣は自分に気づかないだろうと判断した。去ってゆく男に目を向けている。

というか、深くは考えなかった。そのようなゆとりもなかった。

永代橋を渡り終えた男は、深川一の繁華街である馬場通りに出た。永代寺や富岡八幡宮《とみがおかはちまんぐう》へ通じる幅広の道だ。大店老舗だけでなく茶店などの小店もあって、通りには露店も並んでいた。

参拝の老若男女だけでなく、振《ふ》り売《う》りやお店者《たなもの》の姿もうかがえた。男は、大勢の人を避けながら、道を歩いた。目の先には、一ノ鳥居が聳《そび》え立っている。

しかし男は、その手前で道の端に寄った。黒江町《くろえちょう》の小料理屋の前だ。隣は古着屋で、店の前に中年の肥えた女房がいた。顔も、おかめのように下膨《しもぶく》れだった。

男は女に黙礼をすると、小料理屋の中へ入っていった。

軒下に明かりは灯《とも》されていないが、ひょうたん型の提灯《ちょうちん》がぶら下がっていた。牡丹《ぼたん》という店の名が、枯れた筆致で記されていた。

卯吉は、古着屋の女房に近づいた。

「今、隣に入った人は、牡丹の板前さんですか」

笑顔を向けて問いかけた。商人のはしくれだから、人当たりは悪くないと思っている。

「そうですよ。知っているんですか」

「いや、前にこの店で食事をしたときはいなかったので、気になりましてね」

自分でも、すらすらと嘘が言えたと思った。

「そうですか。ご主人梅太郎《うめたろう》さんの弟で、宗次《そうじ》さんっていうんですよ」

気さくな口ぶりだ。お喋り好きなのかもしれない。

「じゃあ、包丁捌《さば》きも達者なんでしょうね」

と言ってみた。

「さあ、どうでしょうかね。あの人、顔だけは見た通り二枚目だから、銭のある後家や常磐津《ときわず》の師匠みたいな人がやってきますけど」

「ほう。ならば店の繁盛には、役立っているんじゃないですか」

と卯吉が言うと、女房は声を上げて笑った。良い印象を持っているのではなさそうだった。

「長くこの店にいるんですか」

「いや、二、三年くらいじゃないですか」

そして左右を見回し、卯吉に顔を近づけた。

「近く、どこかの料理屋の、婿になるっていう噂もありますよ」

声を落として言った。

「なあるほど」

胸に苦々しいものが、湧《わ》きあがった。今しがた永代橋袂の広場で目にした、お結衣と宗次のやり取りを思い出したからである。

お結衣は一瞬だが、悲しむような表情を見せた。

女房の話がどこまで本当かは、見当もつかない。ただ事実ならば、宗次は別れ話を切り出したのではないにしても、それをにおわす発言をしたのかもしれない。

卯吉は、そう考えた。

女にもてて、婿に行くかもしれない男。女房は、板前としての腕については言葉を濁した。しかしお結衣は、そんな宗次を好いている気配があった。

どうすることもできないが、胸にじんとする痛みを卯吉は感じた。

第二章　神奈川の湊《みなと》

一

　さらに二日が過ぎた。三月二十一日になっている。灘桜《なだざくら》千樽を積んだ樽廻船玄海丸《たるかいせんげんかいまる》は、まだ江戸に着かなかった。

「そろそろ、着いてもいいころなんだけどねえ」

　乙兵衛の尻が落ち着かない。帳付けをする分には丁寧《ていねい》で間違いがない仕事をする。目前の小事を処理するのも手早く的確だ。ただ先々を見通して、大きな商いの切り口を探るということについては、戸惑いを見せた。

「あれは小心者だ。自分じゃあ、何も決められない」

　定吉に言わせると、こうなる。

自分で判断することを嫌がり、いつもお丹や市郎兵衛の指図を待つ。そもそもお丹や市郎兵衛は派手好きで、耳目を引く大きな商いをしたがる。

乙兵衛は小僧から武蔵屋に入り、先代主人や吉之助に鍛えられた。したがって叩《たた》き上げの番頭として、下り酒商いには精通している。お丹や市郎兵衛の思い付きを抑え、誘導できればいいのだが、それができない。

これまでも武蔵屋では、お丹と市郎兵衛の思い付きで、大量仕入れと販売を行ってきた。卯吉にしてみれば無謀と思われるような商いでも、どうにかなってきた。それは武蔵屋という看板に信頼があるからであり、豊富な資金を投入できたからに他ならない。

「武蔵屋さんの商いは、何をしても磐石」

という見方が、新川河岸には定着している。

今回の灘桜の独占仕入れにしても、お丹や市郎兵衛の考えだ。発売期日を前もって決めて、大々的に販売することを決めた。中村銀四郎を呼んで鏡を開く催しは、耳目を集めた。

新酒番船で一番になった酒であることもあって、江戸中の評判になった。読売《よみうり》でも書き立てられた。

しかしそれだけに、期日が守られないとなると、「なあんだ」という話になる。たとえ原因が船の遅れであっても、武蔵屋の暖簾《のれん》に傷がつく。判断が甘かったと見なされる。

乙兵衛の尻が落ち着かなくなるのは、そういう理由だ。

先日の嵐で、玄海丸は転覆《てんぷく》もしくは大きな破損があったという噂《うわさ》が、霊岸島《れいがんじま》やその周辺ですっかり定着してしまった。人々は面白がって口にし、話に尾鰭《おひれ》がついている。

酒樽が半分流失したという、根拠のない話も出回った。

今津屋東三郎は、最終寄港地となった浦賀《うらが》へ、荷船がどうなっているか確認の人を出した。しかし玄海丸は、嵐の前に浦賀湊《みなと》を出航していた。

「ならば嵐でどこかの湊に停まっていても、そろそろ着いてよい頃だ」

下り物を扱う商人ならば、誰でもその程度の予想はつく。

灘桜の評判が高いだけに、各小売りや仲買、料理屋の主人などは気をもんでいた。販売日まで、あと十日となった。

「噂は、いろいろ出ています。それはよいとしましょう。ただこちらも、それなりの支度をして、お客さんに品を下ろさなくてはなりません。待っていましたが届きませんでした、では子どものお使いです。うちでは武蔵屋さんからの割高な卸し値を受け入れ、前金まで納めているんですからね」

今日は、仲買のお馴染《なじ》みさんが来ている。表情は穏やかだが、商いでは一歩も譲らない中年男だ。間に合わない場合、どうしてくれるか。そこを詰めに来ていた。

問い合わせに来る者が、昨日今日と後を絶たない。

「さあ、どうしてくれる」

と、初めから喧嘩《けんか》腰《ごし》の者さえあった。

小売りや仲買の中には、厳しい資金繰りの中で前金を払った者もいるはずだった。期日が守られないと、借金して金を出した者は品を売れず代金を得られない。利息がかさむとなれば、黙ってはいられないだろう。

この対応を嫌がる市郎兵衛は、この手の客が来ると早々に姿を隠してしまう。理由をつけて出かけてしまう。そこでお丹が相手をした。

「ご迷惑はおかけしません」

と客の前で胸を張る。頭は下げない。これまでは、それでやってきた。

お丹は恰幅《かっぷく》もいいし、身に着けている品も極上のものばかりだ。髪も廻《まわ》り髪結いを呼んで、毎日結い直す。武蔵屋のおかみだと思うから、それでおおむね引き下がる。

「万一にも四月一日中に納品できなかったら、半額で卸しますよ」

ただこの言質だけは取ってゆく。一筆書かせる者もいた。

お丹はためらうことなく、乙兵衛が用意した書面に署名する。なかなかの達筆だ。

客たちは、満足して引き上げた。

仮に納品が二日にでもなったら、利益がなくなるだけでなく数百両の損失を被《こうむ》る。

「それでは、商いにならない」

と卯吉は考える。これは乙兵衛にしても同じで、お丹の客への対応をおろおろして見ている。

「本当に、船は着くんでしょうか」

客が引き上げた後で、乙兵衛は問いかけた。できるだけ口にしないようにしているらしいが、辛抱が切れたのである。

「大丈夫ですよ。遅れたらその分の損失は、今津屋さんから出して貰《もら》うんだから」

お丹は、苛立《いらだ》たし気に答えた。甲高《かんだか》い声になっている。どやされた乙兵衛は、項垂《うなだ》れただけだった。

「そうか」

二人のやり取りを目にしていた卯吉は、お丹の苛立つ姿に不安を感じた。お丹は弱みを見せないが、胸に怖れがあるからこその苛立ちだと受け取ったのである。

騎虎《きこ》の勢いで口にしているならば、商人としてあり得ない姿勢だ。

この後、出かける用事があったので、卯吉は今津屋へ行ってみることにした。東三郎に会って、お丹の言葉が真実かどうか、確かめてみるつもりだ。

また今津屋には、お結衣もいる。先日目にした宗次のことも頭にあった。あれから、どうなったのか。何かの折に、ふっと考えた。

敷居を跨《また》いで土間に入ると、東三郎がいて分厚い綴《つづ》りに何か書き物をしていた。卯吉に気が付くと、筆を置いた。

「玄海丸のことですね」

向こうから言ってきた。卯吉に対する物腰は、相変わらず丁寧だ。

「はい。浦賀から品川まで、どれくらいの日がかかるのでしょうか」

「早ければ、一日かかりませんよ」

東三郎は、憮然《ぶぜん》とした面持《おも》ちになって言った。だから不審なのだ、という顔だ。

「期日に遅れた場合は、今津屋さんで武蔵屋の損失分を出すという話があるのでしょうか。うちのおかみさんが口にしていました」

卯吉の言葉を聞いて、東三郎は怪訝《けげん》な顔になった。

「いえ、武蔵屋さんが皆さんに伝えた販売の期日に船が遅れたとしても、うちは小売りに半額で売る損失分を出すという約定《やくじょう》を結んでいません」

きっぱりと言った。

「さ、さようですか」

やはり、という気持ちで卯吉は聞いた。お丹は、すぐにばれる嘘をついたことになる。

意外だが、それだけ追い詰められている。

「そもそも樽廻船による輸送は、風や潮の流れに左右されるものですから、いつ着くという日にちは決められません。販売の期日は、武蔵屋さんがお決めになったことで、うちでは関わらない話です」

今津屋としては、はっきりさせておくといった口調だ。約定がないなら、主人として当然の対応だ。

「分かりました。つまらぬことを、言いました」

卯吉は頭を下げた。

「いえいえ。気になる点があったら、何でもお尋ねください」

元の表情に戻って、東三郎は言った。

「これは、卯吉さん」

話し声を聞きつけたのか、奥からお結衣が姿を見せた。笑顔を向けている。卯吉は少し、どきりとした。

「軟膏のおかげで、腫《は》れはすっかり引きましたよ」

これは伝えたいと思っていた。宗次のことを問いかけたいが、それはできない。心の臓だけが音を立てた。

「お饅頭《まんじゅう》を蒸かしました。食べていきませんか」

お結衣が勧めてくれた。そう言われると、奥から甘いにおいが微かに漏《も》れてくるのが分かった。

「ありがとうございます。ご馳走《ちそう》になりましょう」

ほかほかの饅頭と茶を運んでくれた。東三郎を交えた三人で食べた。

永代橋で助けた惣太は、荷運びの仕事を再開させたとか。橋桁《はしげた》と杭に挟まった平底船は一部破損していたが、修理を済ませたらしい。

饅頭はうまかったが、食べながら三人でした話はたわいのないものばかりだった。玄海丸やお結衣のその後が気になるが、卯吉は饅頭と一緒に呑《の》み込んだ。

今津屋を出て、手早く用事を済ませた。そして向かったのが、日本橋大伝馬町《おおでんまちょう》の太《ふと》物《もの》屋大和屋である。この町には、太物商いの大店老舗《おおだなしにせ》が軒を並べている。大和屋はその中の一軒で、間口が六間あった。界隈《かいわい》にはもっと大きな店もあるが、人の出入りも多く、奉公人もきびきび動いている。活気のある繁盛店といってよかった。

二

叔父の勘十郎を訪ねたのである。何かあったら、いつでも訪ねて来いと言われていた。

卯吉は、すぐにばれる嘘をついたお丹のことが気になっている。店では堂々としたおかみを装っていても、その内面はどうなのか。お丹について、勘十郎から話を聞いてみようと思った。家禄六百石の旗本家から嫁いできたのは知っているが、詳細は分からない。誰かから聞く機会もなかった。

「ああ、卯吉さん」

店に入ると、顔見知りの手代が声をかけてきた。ここでは主人勘十郎の甥《おい》で、武蔵屋の先代主人の倅《せがれ》として扱われる。これは大和屋だけだ。

すぐに奥の部屋へ通された。待たされることもなく、勘十郎が現れた。

「どうした」

ここへは、武蔵屋の用事や叔父に呼ばれて来るくらいで、自ら足を向けるなどはほとんどない。何かあったかと思ったようだ。

「ちょっと、お聞きしたいことがありまして」

卯吉は、樽廻船の玄海丸が姿を現さないこと、それに絡んで顔を見せる顧客たちに対する、お丹や乙兵衛の対応などについて話をした。

「なるほど、お丹さんは焦《あせ》っているな。気位の高い人だ。負けず嫌いで、ついつい見栄を張る。しかししてもいない今津屋との約定を持ち出すのは、けしからぬな。気持ちにゆとりがない証《あかし》だろう。また乙兵衛も、分かっているのに言い返さないのは、番頭としてよくない。何かがあって、己のせいになるのを怖れているのだろう」

と聞き終えた勘十郎は言った。

「そうだと思います。ただ武蔵屋の行く末を決めるのは、この二人に主人の市郎兵衛さんです」

兄とは言わない。思ってもいない。向こうも、邪魔者としか考えていないだろう。

「まああれは、家業よりも遊びの方に気が向いているからな。母親はそれを、見て見ぬふりをしている」

これは勘十郎だけでなく、卯吉や定吉も同じ見方だ。乙兵衛でさえ、口には出さないがそう感じているだろう。

「それでもおかみさんは、店を守ろうとは思っているようです」

形の上では義母だが、母だと感じたことは一度もない。卯吉にとっては、あくまでもおかみさんだ。しかし店を守ろうとしている気持ちは伝わってくる。だからこそお丹は、客とのやり取りにも顔を出す。

「いかにも。あの人には意地がある」

勘十郎は、遠くを見る眼差《まなざ》しをした。お丹の武蔵屋でのこれまでを、思い起こしたのかもしれない。

「あの人の実家を知っているな」

「はい。四谷《よつや》御門《ごもん》に近い、仲町《なかまち》通りにお屋敷がある鵜飼《うかい》家です」

当主の鵜飼頼母《たのも》は、お丹の実弟だ。今でも親しい付き合いをしている。頼母の顔は、何度も目にしていた。とはいっても、口をきいたことは一度もない。向こうはこちらを、いない者として遇している。

新御番組頭《しんごばんくみがしら》という役についているのは聞いていた。

「鵜飼家はな、旗本とはいっても、内証は極めて厳しい家だった。先代が奢侈《しゃし》でな、借財も百両ほどあったはずだ。もう、三十年も前だが」

この話を聞くのは、初めてだ。卯吉は一度頷《うなず》いてから、次の言葉を待った。

「借りた金は、利を添えて返さねばならない。それは旗本であろうと誰であろうと同じだ。返せなければ、利は利を生む」

「まことに」

卯吉も商人のはしくれだから、その理屈はよく分かる。

「お丹さんは、武蔵屋が鵜飼家の家計を助けるという約定があった上で兄のもとへ嫁いできた」

鵜飼家にとって武蔵屋の財力は、なくてはならないものだった。武蔵屋にしても、直参《じきさん》旗本と縁を結ぶのは、店の格式を上げることになる。両家の利害は一致した。

「祝言《しゅうげん》を上げる前に、兄とお丹さんが顔を合わせたのは、一、二度ではないか」

と勘十郎は言った。

卯吉は、ただ頷くばかりだ。

「おれの親父やお袋は、お丹さんには優しくなかったな。鵜飼家の借金を肩代わりしてやったという気持ちが、いつも頭にあったからな。月々の、金銭の仕送りもしていた。それは今でも、しているのではないか」

この件については、卯吉はまだ知らない。黙って首を横に振った。

「特におれのお袋には、いろいろやられたようだ。痩《や》せても枯れても、旗本家の姫様だからな。それが商家の嫁になって、右も左も分からない中であれこれ指図をされた。しくじりをして、厳しく叱《しか》られたり冷ややかに扱われたりしたことは何度もあるだろう」

「……………」

「そういうことを、なにくそと歯を喰《く》いしばって生きてきた人だ。市太郎や次太郎が生まれて、ようやく武蔵屋の者として認められた。それでほっと一息ついたところだろうが、亭主の先代市郎兵衛は、外に女をこしらえ、卯吉という子どもを産ませた」

こう告げられて、心の臓が飛び跳ねた。そういう視点で、お丹を見たことはなかった。息苦しいくらいの気持ちになった。

おまけに父は、その子を店にまで入れた。

お丹にとって自分がどういう存在か、卯吉はお丹の身になって考えた。憎しみはあっても、愛などあるわけがない。自ら腹を痛めて生んだ市太郎と次太郎だけを溺愛《できあい》した。女を拵《こしら》えた亭主への、仕返しとも受け取れる。

「舅《しゅうと》も姑《しゅうとめ》もいなくなって、亭主だった兄も亡くなった。武蔵屋の身代は、市太郎のものになった。ところが市太郎は、家業には気持ちを向けていない。面倒なことは、人に押し付ける。となれば店のすべては、あの人が采配《さいはい》を揮《ふる》わなくてはならない。大番頭だった吉之助も、亡くなったからな」

「はあ」

胸の中にたまった重苦しい息を、卯吉は吐き出しながら応じた。

「あの人は、商いに精通しているわけではない。しょせんは武家女で、気位や意地だけでは、商いはできない」

叔父の言うことは、すべてもっともだった。

「商いは表向き派手にやっている。三座の役者を呼んで鳴り物入りで鏡割りをするなど、人の耳目を引くようなことはする。しかし発売の日を決めるには、無理があり急ぎすぎたきらいがある。もちろん、まだ間に合わないと決まったわけではないが」

「さようで」

「お丹さんにしてみれば、祈るような気持ちで、船の到着を待っているのだろう。これまでも、無理な商いをしてきた。そのしくじりを取り返したい思いもあるだろうからな」

乙兵衛の念押しは、お丹の気持ちを追い詰めたのではないか。勘十郎の言葉を聞いて、卯吉は考えた。

「武蔵屋の商いは、吉之助が亡くなってから明らかに衰えている。それは膚《はだ》で感じているだろう。離れていった顧客もあるはずだ」

「ええ、それは」

言い方は違うが、定吉もそれらしいことを口にしていた。

「武蔵屋は、江戸のいろいろな場所に土地や家作を持っていた。しかしそれも、年々手放しているぞ」

そう告げられて、思い当たるふしがあった。差配を依頼している大家の数が、明らかに減っている。顔を見なくなった。それが叔父の言葉を裏付けていた。

武蔵屋には、多数の貸地や貸家がある。いざとなればそれが店を支えると、店の奉公人や取引先の相手は考えている。それが武蔵屋の商いの、後ろ盾《うしろだて》にもなっていた。心胆を寒からしめる事実だといっていい。

「先代や吉之助さんがいた頃とは、武蔵屋はまるで違うわけですね」

「そうだ」

卯吉の顔を見据《みす》えて言った。背筋を冷たいものが走り抜けた。

「ならば灘桜千樽は、おかみさんにしてみれば、武蔵屋の昔を取り戻すための必死の手立てだったわけですね」

「そうだろう。しかしうまくいってはいない。荷は届いていないわけだからな」

ここで叔父は、ふうと一息吐《つ》いた。そして続けた。

「もしこれでしくじれば、さしもの武蔵屋もはっきりと傾く。たとえ仕入れ値の半額持ったとしても、それは金銭的なことでしかない。もっと大事なものがある」

「信用を失うわけですね」

「そうだ」

すぐには次の言葉が出てこない。お丹の自分への気持ちも、胸に沁みる。けれどもそれは、どうすることもできない。

ここで叔父は、居住まいをただした。顔は厳しいが、眼差しには慈しみを感じた。

「おまえは、武蔵屋を支えねばならぬ。冷遇するお丹を憎いであろうが」

ここでは、あえて呼び捨てにしていた。

どう返答をしたらよいのか、卯吉には分からない。ただ体が熱くなった。全身に、汗が噴き出したのを感じた。

「おまえの父や、吉之助さんは、おまえを役に立つ者として見込んでいた。だからこそ店を託して亡くなった。その願いを忘れてはなるまい」

結果として父は、お丹を裏切って自分をこの世に残した。そこにどのような事情があったのかは分からないが、己としては受け入れなくてはならないことだ。

「武蔵屋での暮らしが、唯一無二の世界だった。

「武蔵屋は、私にとっても実家だからな。大事な場所だ。その武蔵屋を、血の繋《つな》がったおまえに守ってもらいたい。今の市郎兵衛や次郎兵衛ではできない。あの者たちでは、いずれは店を潰してしまうだろう」

「そ、それは」

否定はできなかった。

「おれはそのためには、どこまでもおまえの後ろ盾になるつもりだ」

自分が何をできるかは見当もつかない。心細いが、頷かざるをえなかった。

三

大和屋からの帰路、卯吉は勘十郎の言葉を反芻《はんすう》した。お丹の自分に向ける冷ややかな眼差しの訳を知ったが、それに対してはどうすることもできない。

お丹に対しては隔絶した気持ちしかないが、店を守る話とは別のものだ。

磐石だった武蔵屋の土台に罅《ひび》が入っている。

ならば自分は、今何をすればいいのか。その見当はつかなかった。当面の問題は、一日も早い玄海丸の江戸到着だが、居場所も分からないのでは、様子を見に行くことも呼びに行くこともできない。

店に戻ると、建物内に漂う空気が、出かける前と違っていた。いつものように客もいて、手代が相手をしている。二番番頭の巳之助《みのすけ》は算盤《そろばん》を弾いていた。

しかし乙兵衛の姿は見えず、奉公人たちはどこかそわそわしている気配だった。

「何があったんですか」

卯吉は、店頭に積んだ酒樽の数を改めていた定吉を店の隅に呼んで聞いた。

「丈之助《じょうのすけ》が、店を辞めたいと申し出たようだ」

声を落として言った。「どうだ、前に言った通りだろ」という顔を、卯吉に向けている。

「まさか」

とは口にしたが、叔父の話を聞いてきたばかりでもあったので、現実を突きつけられた気がした。落胆もあった。

乙兵衛に声掛けした丈之助は、二人で奥の部屋へ行った。今はお丹や市郎兵衛の四人で、話をしている最中らしい。

「番頭さんは引き留めたらしいが、気持ちは固いんじゃないか」

丈之助は武蔵屋の叩き上げで、二十六歳になる。仕入れのために灘へ出向き、蔵元と交渉もしてきた。灘桜千樽を仕入れるための橋渡しをしたのもこの手代だった。

そろそろ番頭に、という声も出ていた矢先だ。

武蔵屋へ奉公をしたい者は、いくらでもいる。しかしもうじき番頭に、というところで自ら店を出る話は、他の手代や小僧にとっては衝撃といってよかった。

「よほどいい話が、あったんだろうな」

どこかに、羨《うらや》ましさを含んだ口ぶりだった。

定吉は前に、武蔵屋を泥船に譬《たと》えた。そこから抜け出した、という目で丈之助を見たようだ。

そしてしばらくして、乙兵衛と丈之助が店の板の間に戻ってきた。どちらも冷ややかな眼差しで、目を合わせることはない。

お丹や市郎兵衛も慰留をしたのだろうが、考えは変わらない。店を出ることが、正式に決まったのだと察せられた。

乙兵衛は帳付けを始めた。丈之助は在庫の綴りを手に、酒蔵へ行った。姿が見えなくなると、巳之助が乙兵衛に問いかけた。

「丈之助が店を出るのは、決まったんですね」

「あと五日したら、出ていきますよ。武蔵屋で一人前にしてやった恩も忘れて、ふてぶてしいやつですよ」

腹に据《す》えかねるといった顔で、乙兵衛は応じた。

店に客はいないが、卯吉や定吉ら手代と小僧数人がいる。聞き耳を立てていた。

「どこの店へ行くんですか」

巳之助が気になるのは、そこらしい。他の者も同じだろう。

「南新堀町《みなみしんぼりちょう》の松波屋《まつなみや》さんですよ」

「さようで。いつの間にそんな話をしていたんでしょう」

新堀川の南河岸にある町で、このあたりにも下り物の酒や醬油《しょうゆ》を扱う問屋が並んでいた。

松波屋は間口が四間半で、大店とはいえない。しかし勢いのある店で、商い高も伸びていると、同業者の中では話題になっていた。

霊岸島は海に隣接しているところから、下り物の酒や醬油を扱う問屋が集まっている。それらの商いの様子は、すぐに見て取ることができた。

大店老舗ではなくとも、松波屋と山城屋という二つの新興の店は、商い高を着実に増やしてきていた。

「なんでも袖造《そでぞう》さんに次ぐ、二番番頭になるらしい。仕入れの受け持ちでね」

袖造というのは松波屋の番頭で、丈之助はその次の序列に入る模様だった。最盛期の武蔵屋ならば考えられない話だが、定吉が言うように泥船から逃げ出すと考えれば、悪い話とはいえないのかもしれなかった。

「給金も、ここにいるより貰えるようですよ。旦那さんが同じだけ出すとおっしゃったんですけどね、あの人は聞かなかった」

そのやり取りを思い出したのだろう。腹立たし気な口ぶりだった。断片とはいえ、話の内容から、丈之助は武蔵屋を見限ったと受け取れる。

　そこへ奥から、足音を立てて市郎兵衛とお丹が現れた。この二人も、いかにも不機嫌そうな顔つきだった。

「いいじゃあありませんか。あんな、武蔵屋のありがたみの分からないやつ。店の看板があったから、あいつでも商いができただけの話です」

　吐き捨てるように、市郎兵衛は言っていた。

「その通りです。どんなに困ったたって、一度出た者には、二度と武蔵屋の敷居は跨《また》がせませんよ」

　お丹も、不快感を隠していなかった。

　乙兵衛は大きく頷いている。巳之助は困惑顔を俯《うつむ》かせ、体を固くしていた。

「なんだおまえたち、ぼさっと突っ立っているんじゃない。さっさと仕事を進めろ」

　市郎兵衛は、居合わせた手代や小僧を怒鳴りつけた。

「へ、へい」

　土間に立っていた小僧たちは、弾かれたように酒蔵や店の外へ駆け出して行った。

「桑造《くわぞう》」

　ここで市郎兵衛が、乙兵衛の後ろで売掛帳《うりかけちょう》の整理をしていた手代を呼んだ。歳は二十五で、手代として丈之助の次の序列になるものだった。

「丈之助の仕事は、おまえが引き継ぐんだ。そう先にならないうちに、番頭にするからね。偉そうにしていたあいつを、見返しておやり」

「わ、分かりました」

お丹の言葉を聞いた桑造は、かすれた声を上げて頭を下げた。

その様子を目にした後で、卯吉と定吉は店の前の船着き場へ出た。いつもと変わらない河岸の様子だが、色褪《いろあ》せて見えたのは不思議だった。

「丈之助は、店の出納帖を見ることができる立場だった。店はつい一月前、外神田《そとかんだ》にあった家作を手放した。その手続きにあたったのが、あいつだ」

卯吉が予想したことを、裏付けるような定吉の言葉だった。

「引き抜かれたわけですね」

丈之助はやり手だ。頷いた定吉は、武蔵屋の看板など背負っていなくても、それなりの商いをするだろうと言い足した。

市郎兵衛とお丹の言葉は、卯吉には負け惜しみにしか聞こえない。

「桑造だって、いい話があったら、店を出る気でいるぜ」

定吉は、耳に口を近付けて言った。

「そんなことを、口にしたんですか」

「しないさ。でも、顔に書いてあったじゃないか」

どきりとするようなことを言って、定吉は立ち去って行った。

卯吉は少しの間、その場に立ち尽くした。丈之助が店を出ることは、武蔵屋の凋落《ちょうらく》を実感させる、衝撃的な出来事だといってよかった。

「おい。ずいぶんと、しけた顔をしているじゃないか」

ここで、いきなり背後から声をかけられた。聞き覚えのある声だ。振り返ると、祭壇を背負った白い狩衣《かりぎぬ》姿の茂助が立っていた。

「叔父さん。江戸へ、戻っていたのですか」

灘桜の催しでは助けられたが、その後で旅に出た。今頃はどこかの宿場で、祈禱《きとう》でもして回っているのだろうと考えていた。

「ああ、戻ってきた。おまえに知らせたい話があったのでな」

思いがけないことを言われた。

「何でしょう」

体を向けた。

「東海道を西に向かったのだが、神奈川湊で、下り酒千樽を積んだ弁才船《べざいせん》が停まったままになっているという話を聞いてな」

「まさか」

あまりの驚きで、それ以上の言葉が出なかった。

「嵐はとうに過ぎたのに、ずうっと停まっているらしいぞ」

茂助は街道を歩きながら、近くの湊へ寄って千の酒樽を積んだ船が停まっていないか、聞いて歩いたらしい。武蔵屋のことを、気遣《きづか》っての動きだ。

「見たのですか」

「ああ、海際まで行ってな。海は荒れてなどいない。にもかかわらず、帆を下ろして停まっていた。酒樽を積んでいるのが、はっきりと見えたぞ」

これを伝えるために、江戸まで戻ってきたのである。

「船出ができない、何かの事情があるのでしょうか」

「そこまでは、知らぬ」

聞き流すわけにはいかない話だった。

四

「おかしな話だな」

卯吉はつぶやいた。勘十郎の店へ行く前に、今津屋へ立ち寄っていた。しかしそのとき東三郎は、神奈川湊の話などしていなかった。

玄海丸は、今津屋の江戸店に伝えないまま停泊していることになる。あるいは茂助が見たのは、違う船なのか。

「船名を、検《あらた》めたんですか」

「いや、そこまではしていない。遠くて、文字を見ることができなかった」

船着き場に接岸されているのではない。千石船だから、沖合に停まっている。

ともあれ、今津屋へ行ってみることにした。茂助も卯吉に付き合った。

「おや、お忘れ物でもありましたか」

先ほど訪ねたばかりだから、東三郎もお結衣も怪訝《けげん》な顔をした。

「いや実は、とんでもない話を耳にしましてね」

卯吉は、茂助から聞いた話を伝えた。

「なるほど。いまだに江戸に着かないことを踏まえると、その船こそが玄海丸なのかもしれませんね」

東三郎は、顔色を変えた。ただしきりに首をかしげる。

「何の連絡もないのが、気になります。船頭の蔦造は、そのような場合は必ず知らせを寄こしました」

「何かが、起こっているのかもしれません」

「あの春嵐で、神奈川湊に入ったのは、当然の話だと思います。しかしまだ留まっているのは、腑《ふ》に落ちません」

ここでそれまで聞いているだけだったお結衣が、「あっ」と小さな声を上げた。居合わせた者が、目をやった。

「蔦造さんには、神奈川湊に縁者がいると聞いたことがありますが」

自信なさそうな口ぶりだった。けれども東三郎は、頷きを返した。

「ああ、そうだ。私も聞いたぞ」

どういう繋《つな》がりなのかまでは分からない。口にしたのかもしれないが、覚えていないとか。

「でも、漁師だと言っていました。名は……」

お結衣は首を傾《かし》げた。そしてはっとした顔になった。

「多平《たへい》さんだと思います。同じ名の人が近所にいると、聞いたときに感じました」

「そうかもしれない」

東三郎も言った。

「人をやって、確かめましょう」

と言い足した。

武蔵屋にしても、そのままにはできない事態だ。できれば卯吉も、行こうと考えている。手をこまねいてはいられない。

灘桜千樽は、武蔵屋の命運を握っている。茂助は停泊場所を知っているわけだから、できれば一緒に行きたかった。

ともあれ卯吉は、店に駆け戻った。そろそろ夕暮れどきになろうとしている。茂助は店に入れないので外で待ってもらうことにした。

店内では、市郎兵衛と乙兵衛がいて話をしていた。卯吉は傍《そば》へ行って膝《ひざ》をそろえて座り、声掛けをした。

「聞いていただきたいことがあります」

「何だ。これから出かけるところだ。面倒な話ならば、明日にしろ」

仏頂面で、市郎兵衛は言った。

「いや。少々面倒な話でございます」

それでも、少しでも早く伝えねばと思っていた。何を言われようと、引くつもりはなかった。

「ならばだめだ。私はこれから、出かけると言った」

市郎兵衛は立ち上がった。

「灘桜千樽の行方《ゆくえ》についてでございます。神奈川湊に、停まったままだと知らせてきた者があります」

「何だと」

さすがに、市郎兵衛の顔つきが変わった。

卯吉は、茂助から聞いた話を伝えた。市郎兵衛は腰を下ろすことはなかったが、最後まで話を聞いた。

「それをおまえに伝えたのは、誰か」

「茂助さんです」

一瞬口に出すのをためらった。市郎兵衛は茂助を毛嫌いしている。店に入ることを、許していない。「祈禱師ごとき」という言い方をしていた。

「ふん。そんな話が、当てになるか」

嘲笑《あざわら》った。そして続けた。

「私は出かけなくてはならない。そんな世迷言《よまいごと》には、付き合っていられない」

すっと動いて、履物《はきもの》をひっかけた。

「どちらへお出かけで」

卯吉は問いかけた。判断を聞かねばならないことが、あるかもしれないと考えたからだ。

「おまえに伝えるいわれはない」

言い残すと、そのまま店の外へ出て行ってしまった。

灘桜千樽の行方よりも大事なことが、今の武蔵屋にあるのか。そう詰め寄りたいところだが、逃げ足は早かった。ため息しか出なかった。

ただそれで怯《ひる》んではいられない。乙兵衛に顔を向けた。

「私を、神奈川湊へやってください」

市郎兵衛にした話は、乙兵衛も聞いていたはずである。

「ううむ。それは」

返答ができなかった。事態が急なのは分かっている。ただ何事も自分一人では、決められない男だ。

「おかみさんに、お尋ねしろ」

と告げられた。他の者ならばともかく、卯吉の扱いについては、お丹の顔色をうかがう。

「分かりました」

卯吉は躊躇《ためら》わず、奥の部屋へ行った。廊下から、声をかけた。

「何としても、お許しいただきたいことがあります」

決意を込めて伝えた。お丹は、部屋に入れと返事をした。切迫した気配を感じたらしかった。

卯吉は、今しがた市郎兵衛にしたものと同じ話を伝えた。神奈川湊で船を見たのが、茂助であることも伝えた。玄海丸であるとは確認できていないが、行って確かめたいと話した。

「玄海丸ならば、すぐに伝えます。そして江戸へ運べるように、手立てをいたします」

お丹は茂助がした話だと聞いても、市郎兵衛のように嘲笑ったりはしなかった。真剣な眼差しで、見つめ返してきた。そしてしばらく、考え込んだ。お丹も荷の到着の遅れを、じりじりしながら待っているのは明らかだった。

「分かった。神奈川湊まで、お行き」

お丹は、腹を決めたように言った。どんなことでも、打つ手があるならば打ちたいと考えていたようだ。

「ありがとうございます」

これまでは、手代とはいっても、どうでもいいような役目しか与えられなかった。初めて、店にとって重要な役割を命じられた。

お丹はここで、何を思ったか定吉を呼び出した。

「おまえは、相模《さがみ》の出だったね。漁村の出だと覚えているが、神奈川湊は詳しいかい」

訳も言わずに、問いかけた。神奈川湊は武蔵《むさし》だが、相模の国と隣り合わせた土地らしい。

「はい。何度も行ったことがあります」

「そうかい、ならば卯吉と出かけておいで」

お丹は、神奈川湊へ行く要諦《ようてい》を伝えた。

「行きます。一緒に、探します」

定吉は迷惑そうな仕草を、一切しなかった。むしろ、やろうという気配をうかがわせた。

「ただ長く行かせておくわけにはいかないよ。明日の早朝に出て、三日で帰っておいで」

神奈川宿までは、七里の距離だ。中一日は、じっくり動ける。

お丹は、二人の二泊三日分の路銀を寄こした。

翌早朝、まだ空が暗いうちに、旅支度を整えた卯吉と定吉は武蔵屋を出た。三月二十二日になっている。九日後には納品され、その日から小売の店頭に灘桜が並ばなくてはならない。

木戸番小屋の前で、茂助が待っていた。

「では、行くぞ」

武蔵屋が路銀を出すのは二人分だが、茂助が案内をすることになっていた。

五

芝口橋《しばぐちばし》を南に渡って、卯吉と定吉、それに茂助の三人は、広い道を増上寺《ぞうじょうじ》方面に向かう。この頃には、東の空が明るみを帯びてきていた。旅人の姿もあり、仕事に行く職人や、振り売りの姿も見えた。

三人の足取りは早い。お丹から与えられた日限は三日だから、少しでも早く神奈川湊へ辿《たど》り着きたかった。東海道を西へ向かう旅人の姿は少なくないが、それらを追い越した。

増上寺前を通り過ぎる頃には、あたりはすっかり明るくなった。商家が店を開け始めている。

金杉橋《かなすぎばし》、芝橋《しばばし》と渡ってゆくと、少しずつ町から慌《あわ》ただしさが消えてゆく。繁華な通りとはいえなくなった。

卯吉は店の仕事で、このあたりまではやって来たことがある。しかし大木戸を過ぎると、まったく見たこともない町が、目の前に現れた。

進んでゆく左手には、江戸の海が広がった。濃い潮のにおいが鼻を衝《つ》いてくる。彼《か》方《た》に白い帆を立てた千石船の姿も見えた。

「あれが玄海丸ではないか」

と、つい思ってしまう。日差しが眩《まぶ》しくて、空の高いところで、海鳥が鳴き声を上げていた。

「定吉は、相模の漁村の出だそうだな」

歩きながら、茂助が定吉に声をかけた。

「はい。権太坂《ごんたざか》を越えた境木《さかいぎ》っていうところから、海へ行ったところです。親父も兄貴も、漁師をしています」

定吉は、茂助に対しては丁寧な口を利く。卯吉の叔父だと知っていて、先日の鏡割りのときには助けてもらった。一目置いているといった気配があった。

「では神奈川湊は、詳しいな」

「餓鬼《がき》の頃、兄貴と土地の網元のところへ、手伝い仕事に行きました」

父親は自前の舟を持つ漁師ではなく、借り舟に乗っていた。父親に連れられて、神奈川湊へ来て、網の手入れや漁船の掃除を手伝ったのである。

「漁師には、ならなかったのか」

「まっぴらですね。何日も時化《しけ》が続けば、食べ物もなくなる。ようやく漁に出て獲物を得ても、それを口にすることはできない。売り物ですからね。そして獲れても獲れなくても、舟の借り賃は取られる。獲った魚は安くたたかれる。いつも、食ってゆくのにかつがつでした。江戸へ奉公に出られると決まったときは、ほっとしましたぜ」

定吉は言った。そしてふうっと深い息を吸った。そして続けた。

「でもね。こうして潮のにおいをかぐのは、嫌いじゃありませんよ。店にいるよりも、気が楽ですしね」

そう告げられると、卯吉にしてもこうして歩いているのは、先に厄介《やっかい》なことが待っているにしても、嫌ではなかった。

川崎宿を過ぎたところで、昼の握り飯を食べた。長くは休まない。

歩みを再開させた。海辺の景色が、少しずつ動いてゆく。そして宿場が現れた。

「あれが神奈川宿だ」

定吉が言った。

目を左へずらすと、神奈川の湊が見える。中小の帆船が停泊していて、沖合には大型船が二隻停泊していた。そのどちらかが玄海丸なのだと、卯吉の胸が騒いだ。

三人は街道からずれて、神奈川湊への道を進む。

「どうもおかしいぞ」

茂助が首を傾げている。不満の顔だ。

「何が、おかしいんですか」

「玄海丸だと踏んだ船の姿が見当たらぬ。昨日の朝までは、間違いなくあのあたりにあったのだが」

指差しをした先には、海鳥が飛んでいるだけだ。

港には、各種の問屋の分店や納屋などが並んでいる。船頭や荷運び人足の姿があり、それらを相手にする酒食の店もあった。

船着き場では、十五石積みの平底船が醬油樽の荷を下ろしていた。沖合の大型船から、この船着き場まで荷を運んできたのである。

荷下ろしが済んだところで、茂助は一休みする人足たちのもとへ行って問いかけた。

「あそこに、昨日の朝まで千石船が停まっていたが、姿が見えぬ。どうしたか、教えていただきたい」

下手に出た言い方にしている。

「そういえば、何日か停まっていたな。荷下ろしもしねえのに」

「ああ、酒樽を積んだ船だな」

「あれならば、昨日の昼前に帆を張って、あそこから離れて行ったぜ。向かったのは、江戸の方だった」

ほとんどの者が、船のことを覚えていた。話通りならば、今頃は品川沖に着いているはずだった。

「行き違ったのか」

と卯吉は首を捻《ひね》った。

「その船の名を、見ませんでしたかい」

定吉が問いかけると、人足の一人が応じた。

「おれたちは、沖の船まで荷を下ろしに行く。だから近くを通ったが、船首には玄海丸って書いてあったぜ」

「ああ、おれも見た。あの船は、西国からの荷の一部を、ここで降ろすこともあるからな」

他の者が言った。ならば昨日の昼前に、神奈川湊を出たのは明らかだった。ただ嵐の後で、何日もの間、停泊を続けた理由を知る者はいなかった。船体の修理をしているところを目にした者は一人もいないから、故障があったとは思われない。

「どうしたものか」

定吉が呟《つぶや》いた。目を見合わせた卯吉も、困惑している。

玄海丸が神奈川湊にいないならば、江戸へ戻ってもよい気がする。すでに荷が届いているならば、ここまで来たことが無駄足になる。それはそれでいいが、届いていなかったならばどうなるか。

神奈川湊まで出向いて、何をしてきたのかという話になりそうだった。

「嵐の後、なぜ故障もないのに逗留《とうりゅう》したか。どこへ向かったか知る者がいるならば、捜《さが》して聞いてみなくてはなりますまい」

「それもそうだな」

卯吉の言葉に、定吉が応じた。茂助も頷いている。江戸へ戻るのは、それらを済ませてからでもいい。

「玄海丸の船頭や水手《かこ》は、船から降りることはなかったですか」

「そりゃあ降りてきたさ。食い物を買ったり酒を飲んだりしているのを見かけたぜ」

茂助の問いかけに、中年の男が答えた。船着き場近くの居酒屋で酒を飲んでいたところへ、四人も水手らしい者がやって来た。見かけない顔なのでどの船かと聞くと、玄海丸だという返事があった。

そこで卯吉と定吉、茂助の三人は、その居酒屋の場所を聞いて出かけた。

まだ商いを始めるには早い刻限だったが、店では二人の女が掃除をしていた。板場から、煮物のにおいが流れてきている。

こちらの話を聞いてくれたのは、年嵩《としかさ》の店のおかみだった。

「ええ、来ました。お足を使ってくれるお客さんは、毎日でも来てほしいです」

玄海丸の水手は、金遣《かねづか》いが荒かった。停まっている間、来ない日がないくらいにやって来た。行きずりの湊だから、知る人もない。威勢よくやったらしかった。

「なぜ停まっているか、話しましたか」

「さあ、それは言っていなかったですよ。でもね、おかしなことを口にしていました」

「何ですか」

「船を動かさないと、金になるって」

これを聞いて、卯吉の腹の奥が一気に熱くなった。玄海丸が江戸に着かないことに、悪意が潜んでいると感じたからである。

定吉も茂助も、険しい顔になった。

「船頭の蔦造には多平という漁師の縁者がいると聞いています」

今津屋の東三郎やお結衣が話していた。ただ住まいがどこかは分からない。

「探すしかあるまい」

茂助が言った。神奈川湊には、漁師町がいくつかある。片っ端から聞くしかなかった。

漁師町には漁船が繋《つな》がれていて、隣接して網干場がある。聞かなくとも場所は分かった。

「これは、くさいな」

網干場からは、腐った魚のにおいがしてくる。慣れない卯吉には、鼻を衝いてくるようなにおいだ。

しかし茂助と定吉は、気にする様子もなく歩いて行く。

「さあ、多平という人は、このあたりにはいませんね」

と告げられて、他の集落へ行く。三つ目の集落で、やっとその名の人物が分かった。すでに夕暮れどきになっていた。

多平は中年の、顎《あご》が突き出た浅黒い顔をした男だった。持ち舟のある漁師だと聞いたが、建物は古材木で建てたような粗末なものである。

「あんたたちは、何者だね」

江戸の武蔵屋から来たと告げると、みるみる険しい顔つきになった。

「話すことは何もない。さっさと帰ってくれ」

と言われた。疫病神《やくびょうがみ》を追い払う、といった様相だ。話にならないので、引き上げるしかなかった。

「でも、怪しいですね」

疑念は深まった。定吉も茂助も頷いている。

そこで近所で聞いてみた。すると斜め前の家で、腰の曲がった婆さんが、昨日の早朝、人が訪ねてきたのを見ていた。

「あれは、親類のツチゾウとかいう船頭だよ。年に一、二度訪ねてきている。顔は覚えているから間違いないね」

と言った。

「蔦造ではないですか」

「ああ、そうかもしれない。低い鼻が上を向いていてさ、えらの張ったあの顔は忘れないよ」

婆さんは笑った。

「何をしに来たのでしょうか」

定吉が、穏やかに聞いている。

「船を出すっていう話だったと思いますよ。ええとそれから、高良屋《たからや》の酒は、うまかったとか言っていましたね」

「高良屋とは」

「神奈川宿の飯盛り女のいる旅籠《はたご》ですよ」

蔦造と多平は、そこで酒を飲んだらしかった。安くはない店らしい。ただその日にちがいつなのかは、はっきりしなかった。

もちろん三人は、神奈川宿の高良屋へ行った。

六

神奈川宿は、品川宿や川崎宿と比べれば、小さい宿場だ。しかしそれでも十五丁ほどの間に四百軒ほどの家が並んでいた。小田原までの間には、程《ほど》ヶ谷《や》宿や戸《と》塚《つか》宿など五つの宿場があるが、それらよりは大きな宿場だという。

神奈川町と青木町《あおきちょう》からなり、高良屋は青木町の方にあった。宿内では大店といえる店ではないが、宿場の中心部にあった。飯盛り女を、常時五、六人は置いている店だと宿場の者に聞いた。

「船頭の蔦造さんと漁師の多平さんねえ。いったいいつ頃の話ですかね」

「あの春嵐があった、翌日以降のことです」

定吉の問いかけに、番頭は面倒臭《くさ》そうな顔で応じた。

「常連さんならばともかく、うちには旅の方も大勢お見えになっていますから、そのお二人については、覚えていませんね」

そう言った。

卯吉ら三人は、今夜はここに泊まることにしているので一応は客である。だから相手にしていた。

夕暮れどきだから、次々に客がやって来る。番頭はすぐに切り上げて、新たにやって来た客の対応に当たった。

「よし、飯盛り女に聞こう。どうせ蔦造らは、女と遊んだのであろうからな」

茂助が言った。

そこで夕餉《ゆうげ》の膳の折に、飯盛り女を一人呼んだ。一夜分の銭は、払っている。

「蔦造さんと多平さんねえ。毎日船に乗っている人ならば、どっちも、日焼けはしているんでしょうけど」

そう言って考え込んだ。二人の年齢と、蔦造と多平の顔の特徴は伝えている。

おかめ面の化粧の濃い女だ。歳は、三十半ばにはなっているだろうと思われた。

「それらしい顔の日焼けした人のことは何となく、覚えています。でもお酒を飲んだのは、二人だけではなかったですよ」

「どういう者だ」

「うちに泊まった、商人ふうと浪人者のお客さんです」

「ほう」

少し驚いた。商人はともかく、浪人者は蔦造や多平とは繋《つな》がらない。女にしてみても、この四人の取り合わせを珍しいと感じたらしい。それで覚えていたのだ。

この四人で酒を飲み、海の者二人は引き上げた。酒食の代金は、商人ふうが払った。そして一晩泊って、商人ふうと浪人者は引き上げたという。

「どんなことを、話していたのか」

「さあ、そこまでは」

すでに何日もたっている。

「その泊った二人が何者か気になるな。宿帳で、泊った日付と共に調べてもらえるか」

茂助はそう言って、女に小銭を与えた。こういうときは、銭を惜しまない。茂助は世慣れていた。

女はすぐに戻ってきた。

「宿帳には神田富松町《とみまつちょう》太物屋兵助っていうのと、同じ町の銀兵衛店《ぎんべえだな》漆山以蔵《いぞう》って書いてありました。泊ったのは、あの嵐のあった次の日の夜です」

それぞれの歳は、兵助が三十代後半、漆山が三十代前半といったところだという。

「海の者が帰った後、ここに泊まった兵助と漆山なる二人は、遊ばなかったのか」

卯吉には思い浮かばない問いかけを、茂助がした。

「遊びましたよ、あたしが相手をしたのは浪人の方で、商人ふうは、おてんちゃんです」

漆山は無口な質《たち》らしく、目的を果たすとすぐに寝てしまったとか。

「では、おてんちゃんなる者に話を聞けぬか。短い間でかまわぬ」

茂助はまた銭を、女に握らせた。

「ちょっとの間ですよ」

と言って、二十代半ばくらいのうりざね顔の女を連れてきた。話を聞いた女よりも垢《あか》抜けしていた。

「あの人、お金を貸しているって、言ってました。高利貸しかもしれません。だからご浪人の方は、用心棒じゃないかって思いました」

苦々しい顔になった。宿場の飯盛りとして過ごす身の上だ。高利貸しには、嫌な思い出しかないからだろう。

「宿帳には、太物屋と書いてあるそうだが」

「そんなこと、どこまで本当かなんて、分かりませんよ。金貸しと用心棒の方が、しっくりくるじゃないですか」

そう応じられて、卯吉は領かざるを得なかった。

「江戸の金貸しが、なぜ神奈川湊で蔦造や多平と会ったか。そこが問題だな」

「ええ。多平は仲介で、兵助が会いたかったのは蔦造の方じゃないですかね。灘桜千樽を握っているのは、こっちなんですから」

女が引き上げた後で茂助が言い、定吉が応じた。

「では江戸にもどって、兵助と漆山について調べてみませんか」

すでに神奈川湊には、玄海丸の姿はない。またあの多平の対応を目の当たりにしてみると、荷が無事に武蔵屋へ届いているとは思われなかった。江戸に戻って、二人を探す方が、何かの手掛かりになりそうな気がした。

「よし、そうしよう」

三人の考えは一致した。

翌朝早朝、卯吉をはじめとする三人は、神奈川宿の旅籠高良屋を出た。

途中、生麦《なまむぎ》湊や新宿湊でも、玄海丸の姿がないか、立ち止まって見回した。帆が張られていないと分かりにくいから、丁寧に見回した。しかし酒樽を積んだ千石船は見当たらなかった。

「どこかの入り江に入っていたら、こちらからは分からぬ。見えないからといって、いないとは限らぬぞ」

茂助は言ったが、離れた入り江まで行って探すわけにはいかない。足早に、街道を進んだ。

江戸に着いたのは、夕暮れどきにはまだ間のある頃合いだった。霊岸島の傍《そば》を通ったが、武蔵屋へは寄らなかった。ただ灘桜がまだ届いていないことだけは確かめた。

そして神田富松町へ足を延ばした。

神田川に接した町である。木戸番小屋の番人の老人に問いかけをした。

「この町に、太物屋なんて一軒もないよ。銀兵衛店という長屋も、聞いたことがないね」

あっさり言われた。予想どおりとはいえ多少はがっかりした。

「では金貸しで、兵助という者は知らぬか。漆山なる浪人者の名を、聞いたことはござらぬか」

茂助が尋ねた。

すると番人は、「なあんだ」という顔をした。

「それならば、羽澤屋さんじゃないかね。あそこには、兵助さんという番頭さんがいる」

「歳は、いくつで」

卯吉は勢い込んで聞いた。難題に、一歩近づいた気がした。

「三十六、七くらいだと思うがね」

三人は、顔を見合わせた。

「では、漆山という浪人者の用心棒は」

「名は知らないが、用心棒らしい強そうなお侍は出入りしているよ」

浪人者は、悪さをするわけではない。羽澤屋の主人は亥三郎といって、五十代後半の強面《こわもて》の人物。しかし町の者に偉ぶるような者ではないと番人は言った。

「はて……」

卯吉は羽澤屋亥三郎という名に聞き覚えがあると気がついた。だがすぐには思い出せない。定吉も浮かない顔をしていた。

ともあれ、羽澤屋の住まいへ行った。神田川に面した百五十坪くらいの敷地で、表通りの部分は黒板塀《くろいたべい》になっている。ちらと覗《のぞ》く建物は、大店の隠居所を思わせる瀟洒《しょうしゃ》な造りだった。

二軒置いた並びの家が仏具屋だった。そこの小僧が店先にいたので、茂助が問いかけた。小銭も与えている。

「羽澤屋には、漆山という三十代前半の用心棒はいないか」

「ええ、いますよ。三月くらい前から、出入りしています」

これで神奈川湊へ行った商人ふうと浪人者が、羽澤屋の二人である可能性が濃くなった。

「とにかく、顔を見よう」

ということで、門からやや離れたところで、人が出てくるのを待った。

半刻ほどの間は、入る者も出る者もいない。道にすっかり薄闇が這《は》い始めた頃になって、ようやく門が開かれて、人の姿が現れた。

出て来たのは、三十代後半の羽織姿の男だった。浪人者の姿はないが、その顔を見て、卯吉は声をあげそうになった。

その顔に見覚えがあったからだ。そしてはっきりと思い出した。

羽澤屋亥三郎と番頭の兵助は、武蔵屋の主人市郎兵衛を誘い出しにやって来た。二人の顔は覚えている。それだけではない、店の外には漆山と呼ばれる用心棒が待っていた。その顔も忘れてはいない。

「思い出したぞ」

定吉も小さな声を上げた。その声には、怒りと驚きが混じっている。

兵助は、すぐに通り過ぎた。卯吉は茂助に、市郎兵衛と羽澤屋主従にまつわる話を伝えた。

「となると灘桜千樽の遅れに、羽澤屋が関わっていることになるぞ」

「違いない。あいつ、何を企んでいやがるのか」

茂助の言葉に続けて、定吉が言った。

「しかしどうして、武蔵屋の主人が」

卯吉にしてみれば、腑に落ちない。

「なあに、羽澤屋が企みを持って近づいたんだ。そして遊ばせて、煽《おだ》て上げたんだ。あいつはいい気になって、余計なことを喋《しゃべ》っているっていう寸法じゃねえか」

そこが腹立たしい、という顔だ。

「羽澤屋の商いのやり口について聞いてみよう」

まずは木戸番小屋へ行って、居合わせた番人の女房に尋ねた。

「さあ、商いについてはねえ。うちは関わらないから」

これでは話にならない。しかし兵助と漆山が、嵐の翌日旅姿で出かけたのは覚えていた。

茂助は、神田川の河岸道をすたすた歩き始めた。どこへ行くかとついてゆくと、豊島町にある、脇両替の店だった。

「ここはな、おれが祈禱をしてやっている店だ。銭金扱いの店だから、評判くらいは聞いているだろう」

そう言って、店に入った。待っていると、しばらくして出てきた。

「どうも、質《たち》の良くない金貸しらしいぞ。大店でもすり寄って、借りなくてもいい金を借りさせる。一度でも吸い付いたら離れないで、金を毟《むし》り取ってゆく。潰れるまでやるらしい」

顔を見合わせた卯吉と定吉は、すぐには次の言葉が出なかった。

第三章　消えた朋輩《ほうばい》

一

　卯吉と定吉は、武蔵屋の前で茂助と別れた。茂助は近くの旅籠《はたご》に泊まる。明日は江戸を発《た》つ。神奈川湊《みなと》より江戸寄りにある湊を探ってみようと言った。

　武蔵屋の戸は、すでに閉められている。戸を叩《たた》いて名を名乗り、潜《くぐ》り戸《ど》から中へ入った。

　店の奥の帳場格子の内側には市郎兵衛とお丹、それに番頭の乙兵衛がいて、話をしていた。戻った卯吉と定吉に目を向けたが、慰労の言葉はなかった。予定よりも一日早く帰ってきている。そのことに、異変を感じる気配もなかった。

　卯吉と定吉は、自分で濯《すす》ぎの水を汲《く》み足を洗って、主人や番頭の前へ行った。

「玄海丸は、やっぱり停まっていたのかい」

まずお丹が口を開いた。さすがに気にしてはいたようだ。

「一昨日《おととい》の昼前に、神奈川湊を出たそうです。嵐のあった日から、それまでは停まっていました」

「おかしいじゃないか。船は江戸に着いていないよ。今津屋からも、知らせは来ない」

定吉の報告に対して、不満を隠さない顔で言った。そしてきっとした目で、定吉と卯吉を睨《にら》みつけた。

「おまえたち、ちゃんと見て来たのかい」

叱責に近い言い方になっていた。玄海丸の到着を、今か今かと待っている。あるいはと思っていた期待が消えて、その苛立《いらだ》ちがこちらに向かってきたと卯吉は感じている。

定吉は、見たこと聞いたことを、淡々と伝えた。お丹の物言いに不満があるのは明らかだが、それを顔には出さなかった。しかし怖れたり怯《ひる》んだりはしていなかった。

羽澤屋の番頭兵助や用心棒漆山が、神奈川宿へ行き、高良屋で蔦造や多平に会ったことについても触れている。

それを聞いてお丹は考え込み、乙兵衛は息を呑《の》んだ。どちらも羽澤屋が、何度も市郎兵衛を誘い出しているのを知っているからだ。

あからさまに怒りを顔に出したのは、当の市郎兵衛である。色白の顔が赤らんで、こめかみの血管が膨《ふく》らんでいた。

「ではおまえは、船の遅れは、羽澤屋さんの仕業だというんだね」

明らかに怒声といっていい。握りこぶしが震えている。自分が責められた、とも感じているのだろう。

「決めつけたわけではありません。聞き込んだことを、お伝えいたしました」

無表情なまま、定吉は返した。市郎兵衛の反応は、予想していたに違いない。このあたりは、堂々としていると思った。先輩の手代だから定吉が話している。自分ならばどうするかと、ちらと考えた。何であれ伝えるべきことは伝えなくてはならないが、心は動揺するだろう。

「羽澤屋さんだと、決めつけたようなものじゃないか」

甲高《かんだか》い声になっている。腹立ちが体を押したのか、市郎兵衛は体を震わせながら立ち上がった。

「羽澤屋の番頭が、玄海丸の船頭蔦造と会ったのは、間違いございません。羽澤屋の近所の者で、嵐の翌日、旅姿で番頭が店を出るのを見ていた者もいます。そこまで調べて、お話をしています」

定吉は、言うべきことをはっきりと伝えている。

「じゃあ神奈川宿では、どんな話をしたというんだい」

「それは分かりません。ただ灘桜の話は出たと思います。それを積んで、停まっているわけですから」

当然の推量だ。ここらで番頭の乙兵衛が何か言ってもよさそうだが、それはなかった。

乙兵衛は目を泳がせていて、声も出ない。市郎兵衛と定吉、お丹に、ちらちらと目をやるばかりだ。

「あたしは、羽澤屋さんとは付き合いがある。知っているね」

「はい」

定吉は、市郎兵衛を見返した。

「じゃあ何かい。あたしは、そんな人と付き合っているというんだね。ばかな。あたしの目は、そんな節穴じゃありませんよ」

畳《たたみ》を蹴って、離れて行った。履物《はきもの》をつっかけると、店から出てしまった。自尊心が傷ついたらしい。今後の相談どころではなかった。

たださすがにお丹は、逆上してはいなかった。

「羽澤屋は、どうして灘桜に目をつけたのかね。船の遅れは、羽澤屋の企みなのかね」

これについて、考えていたようだ。それは卯吉にしても同じ疑問だが、今の段階では見当もつかない。

ただおろおろしていただけの乙兵衛の顔に、虞《おそれ》のようなものが浮かんでいた。何か知っているのかもしれないと卯吉は感じたが、乙兵衛は口を閉じたままだった。

「おまえたち、羽澤屋について、詳しく調べてごらん。何を企んでいるのか」

「へい」

定吉と卯吉は返事をした。船の遅れについて、重要な知らせを伝えたはずだが、お丹も乙兵衛も、それについての慰労の言葉はなかった。

「ふん」

お丹や乙兵衛と別れて、手代が住まう裏の長屋へ行った。ようやく旅装が解ける。

定吉と卯吉は、井戸水を汲《く》んで顔を洗い首や胸に湧《わ》いた汗を濡《ぬ》れ手拭《てぬぐ》いで拭いた。

「お疲れでしたね」

その宵闇《よいやみ》の井戸端に、女が盆に茶を乗せて運んできた。茶碗は二つあって、心地よい香が鼻をかすめてきた。

市郎兵衛の女房小菊だった。

「こ、これはどうも」

驚いた様子で定吉がかすれた声を出した。卯吉もぺこりと頭を下げた。

小菊は二人をねぎらって、茶を運んできたのである。これは嬉《うれ》しかった。

定吉と卯吉は、喉《のど》を鳴らして茶を飲みほした。

「うまい」

定吉は飲み干した茶碗を、盆に返した。卯吉もそうしている。二人は初めて、武蔵屋の者から、神奈川湊まで行ったことをねぎらわれた。

小菊は何も言わず、空になった茶碗の載った盆を手にして、台所へ入っていった。暗がりだからその表情はうかがえなかったが、気持ちは伝わってきた。

嬉しかった。

嫁という立場だから、お丹や市郎兵衛の見ているところでは、表立ったことはしない。暗がりにいたから、持って来やすかったのだと察しが付く。

「あの人が、何でこんなところにいるのか見当もつかねえぜ。市郎兵衛には、もったいねえ嫁さんじゃあねえか」

遊び歩く亭主には相手にされず、ひっそりと武蔵屋で過ごしている。その扱われ方に、腹を立てている様子だった。

その思いは、卯吉も同じだ。市郎兵衛には商いに対してだけでなく、その部分での腹立たしさもあった。

「あのどら息子は、女房を泣かし、店を潰《つぶ》して、あの見栄っ張りの母親を路頭に迷わすぞ。母親はどうなろうと知ったこっちゃないが、あの若いおかみさんは、不憫《ふびん》だぜ」

「…………」

「羽澤屋について話が出て、すぐにあんなふうに頭から湯気を立てるようじゃ、市郎兵衛が店を潰すのは、そう先ではないぞ。おまえも、さっさと逃げ支度をするべきだ」

そして少し間をおいてから、言葉を続けた。

「おれは羽澤屋なんて、命じられたって、調べるつもりはねえぞ。こんな店、どうせ潰れるんだ。やるだけ無駄ってえもんだからな」

言い残すと、自分の部屋へ入っていった。

市郎兵衛と武蔵屋への怒りに燃えている。しかしどうでもいい存在ならば、腹など立たないはずだ。定吉こそ店を出て行けばいい。それをしないのは、武蔵屋に対して、何かしらの思いがあるのだろうと卯吉は感じた。

二十四日になった。その日の昼前、卯吉は帳場格子の内側にいた乙兵衛に問いかけをした。昨日から、気になっていたことがある。店に客がいなくなったので、ちょうどいいと考えた。

羽澤屋に関わることである。昨日、激怒の中で店から出て行った市郎兵衛は、昨夜帰宅しなかった。今日もまだ、戻ってきていない。まさか昨夜も亥三郎や兵助と飲んだとは思わないが、どういう関わりにあるのか、乙兵衛ならば知っているだろう。

昨日のやり取りで、羽澤屋の名が出たときの、乙兵衛の顔に浮かんだ虞の表情は忘れていなかった。

「旦那《だんな》さんは、羽澤屋さんとはどのようなお付き合いを、なさっているのでしょうか。お酒をお飲みになることは、多いようですが」

おまえにはどうでもいい話だと返されたら、それ以上聞くつもりはなかった。

「お酒は飲むが、他にもありますよ。場合によっては、ご融通をお願いする。そのためにも、近しくしておくということはお話しになっていたんだけれどねえ」

あのとき乙兵衛は何も言わなかったが、とんでもない話だ。気になるのは当然だ。

「何としても、止めていただかないと。店の土台が揺らぎます」

つい強い口調になった。意見などするつもりはなかったが、そうなってしまった。

「何をお言いだい。そんなことは、手代が口にすることじゃあないよ」

下の者に言われて、かっとなったらしい。こうなると、話にならない。乙兵衛は、下の者には容赦なく振舞う。

「ぼやぼやしているんじゃないよ。やらなくてはならないことが、山ほどあるだろう。余計な口出しをするならば、まずはそちらをやるがいい。おかみさんから言付かった調べごとだって、あるはずだ」

手を振って、犬猫を追い払うような真似《まね》をした。

卯吉は黙って、その場を離れた。

羽澤屋を調べる仕事は、やらなくてはならない。しかしそのための時間を得るために、他の仕事が免除されるわけではなかった。済ませた上でやれという話だった。

二

早めに仕事を片付けようと思ったが、江戸を離れていた二日分の用事が溜《た》まってい
た。誰かが替わって済ませてくれているわけではなかった。

お丹も乙兵衛も、そのような指図はしていない。

夕暮れどきになる少し前に、ようやく仕事が一区切りした。

「はて、どうするか」

調べると簡単にいっても、店や人の悪巧みを探し出すなどという真似は、これまで一度もしたことがない。武蔵屋に入って、次々に指図される店の仕事をこなしてきただけだ。

実際に動くとなると、何をどうすればいいか困惑した。

定吉は、昼過ぎまでは店にいた。しかしいつの間にか、姿が見えなくなっている。小僧に聞くと、顧客のところへ注文を聞きに行ったと言われた。命じられても調べはしないと言っていたから、それは本当だろうと思った。

今日も、玄海丸が江戸へ着いたという知らせはない。販売期日が、目の前に迫って

いた。お丹は苛立っている。市郎兵衛は昼近くになって店へ戻ってきたが、卯吉や定吉などいないかのようにふるまって、奥の部屋にこもったきりだった。

ともあれ卯吉は、店を出た。武蔵屋の今後に関わる一件だ。探索ごとなど、慣れないからできないなどとは言っていられない。

ただ闇雲《やみくも》に聞き廻《まわ》っても、かえって怪しまれるだけだから、誰かと相談したかった。思いつく相手は、そう多くはいない。

向かった先は、日本橋大伝馬町《おおでんまちょう》の大和屋だった。叔父勘十郎には、神奈川湊へ行ったことを伝えておかなくてはと思っていた。

「そうか。やはり玄海丸の不明は、事故ではなかったわけだな」

話を聞き終えた勘十郎は、大きく頷《うなず》きながらそう言った。卯吉は話を伝えた折の、お丹や市郎兵衛の反応についても伝えた。これはあえて口にするつもりはなかったが、問われたので言い足した。

「お丹の、羽澤屋を調べろというのは当然だが、市郎兵衛は酷《ひど》いな。あやつ酒の席でおだてられて、言わなくてもいいような話をしているのではないか」

「どういうことでしょう」

「例えばお丹さんや乙兵衛にも伝えられないような、利息や支払いの約定《やくじょう》などだ。そういう後ろめたさがあるから、怒って当たり散らしてごまかそうとしたのだ」

そう言われると、得心がゆく気がした。

「市郎兵衛については、放っておけばよい。いくらあやつでも、この後も羽澤屋に何かを話すことはないだろう」

切り捨てる言い方だった。

卯吉はここで、羽澤屋について何をどう調べたらいいか、訪ねてきたわけを伝えた。

「そうだな」

勘十郎は少しばかり首を傾げたが、羽澤屋について問いかけてきた。

「その店は、商いとして、どのくらいの金子《きんす》を貸しているのか」

「さあ」

店の外観を見てから、茂助が両替屋で仕入れた評判を聞いただけである。そこでは三十両で娘を取り上げたとか、五十両を貸して、元利合わせて百両にして店を売らせたといった話だった。やり口は阿漕《あこぎ》だが、動かす金子の量となると卯吉には見当もつかない。

そこで、茂助が両替屋で聞いてきた話を、そのまま伝えた。

「なるほど。大名や大身旗本、表通りの大店に金を貸すような者ではないな」

「そうだと思います」

勘十郎は、そこで自信ありげな顔になった。

「千樽もの下り酒を積んだ荷船をとめられるというのは、それなりの金がなくてはできない話だ。五十両百両という額ではないぞ。桁《けた》が違う。それだけの金を、羽澤屋は一人で出せるか」

「出せないと思います」

住まいの様子からして、それなりの金はあるだろうと感じる。しかし数百両を、右から左へ動かせる者とは感じなかった。

「ならば大きな仕事ができる金のある者が、他にもいるはずだ。それを探してみてはどうか」

「なるほど」

と感心した。

「金貸しとして、どう過ごしてきたか。誰と組んで商いをしてきたか。そこらあたりを探れば、下り酒に関わる者が、現れ出てくるのではないか」

勘十郎はそう言った。そして続けた。

「とはいえ、一商家の手代が聞いて回っても、どれほどの話が聞き出せるかは心もとない。そこでだ、おまえには幼馴染《おさななじ》みの十手持ちがいたな」

「はい。寅吉という岡っ引きです」

「その者の力を借りるがいい。房のない十手でも、一本あれば役に立つだろうからな」

勘十郎は立ち上がって、部屋から出て行った。そして懐紙に五匁銀《もんめ》を十二枚載せて持ってきた。これはおよそ一両分にあたる。

「これは軍資金だ。手先を使うとなれば、手元にそれなりの金子がなければ話になるまい」

と言った。

「さらに武蔵屋の商売敵《がたき》も、洗い直すがいい。酒を奪うのは、やはり酒に縁のある者ではないか」

これも参考になる意見だった。

五匁銀十二枚を懐《ふところ》に押し込んで、卯吉は大和屋を出た。足を向けたのは、霊岸島《れいがんじま》富島町《とみしまちょう》の裏通りにある春屋《はるや》という艾屋《もぐさや》である。間口二間の店で、これが岡っ引き寅吉の住まいだった。

父親が亡くなって以降、母親のお春と二人で暮らしている。

子どもの頃はよく遊んだが、武蔵屋へ奉公するようになってからは、道端で会って「やあ」と声を掛け合うだけになってしまった。とはいえ、先日の嵐の永代橋では、文字通り命の綱を預けて、互いの役目を果たした。大事な幼馴染みといってよかった。

「おや、珍《また》しいね」

敷居を跨ぐと、店番をしていたお春が声をかけてきた。色白だがでっぷりと肥えた女で、腕は倅《せがれ》の寅吉よりも太い。歳は四十をやや過ぎたあたりで、怒ると男勝りの気迫を見せるが、普段は気のいいおばさんだった。

よく蒸かし芋や白玉を食べさせてもらった。

「寅吉は、町廻りにいっている。まだ新米だから、古狸《ふるだぬき》みたいな親仁《おやじ》には馬鹿にされるみたいだけど、精いっぱいやっているよ。あんたも、永代橋じゃあ、人助けをしたっていうじゃないか」

戻るまで待つと告げると、お春は茶と饅頭《まんじゅう》を振舞ってくれた。四《し》半刻《はんとき》ほど待つと、寅吉が戻ってきた。

「おう、どうした」

顔を合わせると、すぐに寅吉が聞いてきた。

「どうしても、頼みたいことがある。灘桜にまつわる話だ」

灘桜の荷が遅れている話は、霊岸島の者ならば誰でも知っている。寅吉は卯吉の話を関心を持って聞いた。

茂助から知らされて神奈川湊へ行き見聞きしたこと、叔父の勘十郎と相談したことなどを詳細に伝えた。

「羽澤屋について調べるにあたって、おれに力を貸せというわけだな」

「そうだ」

「しかたがねえ。おめえの頼みじゃあ、断るわけにもいくめえ」

引き受けてくれたところで、卯吉は大和屋勘十郎から預かってきたと伝えて金子をすべて差し出した。寅吉は驚いた顔をしたが、突き返しはしなかった。

「調べに使わしてもらおう。余ったら、おれがいただくぜ」

「もちろんだ」

不満はなかった。艾屋を出ると、道はすでに薄暗くなっていた。

寅吉にとっては、銀六十匁が割に合う仕事かどうかは分からない。ただ幼馴染みであり、永代橋で命懸けの働きをした卯吉の頼みなので引き受けた。金など貰《もら》わなくても、やるつもりだった。

しかし金の出先が大和屋だと聞いたので、受け取った。貰っていい金ならば、返さない。


翌日は、二十五日だ。寅吉は、神田富松町の自身番へ行った。腰に差した十手に手を触れさせてから、尋ねたのである。

「亥三郎さんは、川越《かわごえ》の大きな農家の出だと聞いていますよ。百姓代の家で、そこの三男坊です」

初老の書役が言った。自身番にはもう二十年詰めているので、流れ者でなければ、住人については大概《たいがい》のことが分かると胸を張った。

「江戸へ出て来たときから、ここで金貸しを始めたのかね」

「いえ。ここへ移ってきたのは、十六、七年前です。遠類が商う浅草黒船町《くろふねちょう》の両替屋臼田屋《うすだや》へ奉公したらしいんですが、客と悶着《もんちゃく》を起こして辞め、実家から出して貰《もら》った金子を種にして金貸しを始めた。そう聞いています」

この地で金貸しを始める前は、いくつか町を変わった。しかしここでは、土地も建物も亥三郎のものだそうな。貸金については厳しい取り立てをするらしいが、町内の役目はちゃんと果たすと言い足した。

「一人者かね」

「おぎんさんという、二回り近く年の若いおかみさんがいますよ。元は深川の芸者だったっていう人で、なかなかの器量よしですぜ」

子どもはいない。番頭の兵助がいて、それは亥三郎の姉の子だという。引き取って、金貸しとして仕込んだらしい。他には小僧がいて、用心棒の漆山以蔵がいる。愛想のよくない強面《こわもて》の浪人者だが、町の住人と悶着を起こすことはないとか。

そこで寅吉は、浅草黒船町の両替屋臼田屋へ行った。間口四間半の老舗《しにせ》といった印象の店だった。

「亥三郎さんですか。知りませんね」

問いかけた若い手代は、首を傾げた。亥三郎が店を出たのは、三十年ほども前である。覚えていたのは、老番頭だけだった。

「言われなければ、名も顔も、思い出しません」

苦笑いをされた。

三

「いらっしゃいませ」

武蔵屋の敷居を跨《また》いで客がやって来ると、小僧や手代はいっせいに声を上げる。訪れた客を待たせず、用件を聞く。上《あ》がり框《がまち》に腰を下ろした客には、小僧が茶を運ぶ。

「ありがとうございました」

要件を済ませて帰ってゆく客にも、小僧や手代は声を揃《そろ》えた。そのあたりは、先代の頃と変わらない。ぼんやりしている小僧がいたら、卯吉と定吉が叱《しか》りつけた。

神奈川湊から姿を消した玄海丸は、相変わらず姿を現さない。ここまでくると、もう天候などによるただの遅れだと思う者はいなかった。口には出さなくても、何か事件か事故があったと考える。

「到着が一日でも遅れたら、卸値は半額にしていただきますよ」

その補償を求めに来る者が、次々にやって来た。古くからの馴染みであっても、親しくしているようなそぶりを崩さない小売りの者も、お丹に一筆書かせて持ち帰る。

灘桜の仕入れをした七割以上が、この書付けを持ち帰った。

「ええ、うちの品は遅れません。ご案じなさいませんように」

そう言って署名をするお丹の姿を見ていると、卯吉は寒気がする。

小売りや仲買、料理屋の主人らも、それぞれ店のお客に対して信用をかけた商いをしている。期日を伝えての商いならば、船の遅れは他人事ではない。

「半値になるならば、荷は二、三日遅れる方が、あたしにはありがたいね」

店を出て、そんなことを口にしながら去ってゆく客もいた。

寅吉に依頼をした翌日の夕方、卯吉は一日目の報告を、新川河岸の船着き場で聞いた。

神田富松町の自身番から浅草黒船町の臼田屋へ行った寅吉は、そのあと湯島《ゆしま》や神田四軒町《しけんちょう》など、羽澤屋亥三郎が住んだ土地の自身番や木戸番、住人に問いかけをした。

しかし十六、七年以上も前の話である。名や顔は覚えていても、誰とどのような付き合いをしていたかまで、覚えている者などいなかった。

「仕方がねえから、今の商いの様子から探ることにするぜ」

寅吉は言った。調べる気は満々だ。さらに続けた。

「市郎兵衛だが、あいつは羽澤屋とはどういう付き合いをしているのか。どういうことを話したのか。それが分かれば、調べだってはかどるぜ。玄海丸の行方《ゆくえ》を知る糸口にもなるんじゃねえか」

と言われると、もっともな話だと思った。

ただそれを市郎兵衛に尋ねるのは、至難の業だ。神奈川湊から戻った時以来、卯吉と定吉は、まったくいないように扱われている。向こうにしてみたら、追い出したいくらいの気持ちでいるだろう。

けれども本来ならば、真っ先に確認しなくてはならない相手であるのは明らかだった。お丹や乙兵衛は、市郎兵衛に問い質している気配はなかった。お丹は甘く、乙兵衛には気骨がない。

ならば問いかけは、自分がしなくてはならないが、気は重かった。どやしつけられるのはかまわないが、まともに返答をするとは考えられないからだ。

ただそのやり取りの中で、何か調べの糸口になるようなことを漏《も》らすかもしれない。そういう淡い期待はあった。ならば怒鳴られるくらいは覚悟をしよう。足蹴《あしげ》にされても堪《こら》えよう。と腹を決めた。

奥の部屋へ行っても、中に入れてもらえないのは分かっているから、市郎兵衛が店へ出て来るのを待った。

店の戸が閉まったところで、市郎兵衛が奥から店に姿を現した。今夜もどこかへ出かける算段らしかった。派手目の羽織を身に着けているので、すぐにそれが分かった。

「旦那さん」

卯吉は近くまで行って、板の間に正座した。両手をついて声掛けをしたのである。

しかし市郎兵衛は、何事もないようにそのまま歩いた。一瞥《いちべつ》も寄こさなかった。卯吉は、かまわず声掛けを続けた。

「お話を伺《うかが》いたいことがあります。羽澤屋亥三郎なる方とは、どのようなお付き合いをなさったのでしょうか。灘桜については、どのようなお話をされたのでしょうか。それを伺えれば、まことにありがたいことでございます」

決死の思いで言っていた。店には乙兵衛や手代、小僧らがいて、場が一瞬凍ったのが分かった。卯吉はここで、深く頭を下げた。

市郎兵衛が立ち止まったのは、気配で分かった。言葉を待った。怒声の他に、何か事情が分かる一言があればと思っている。

近づいてきた。卯吉は体を固くした。しかし襲ってきたのは、言葉だけではなかった。

「私がすることに、手代ふぜいが口出しをするな」

言い終わらないうちに、卯吉の胸を足蹴《あしげ》が襲った。卯吉は体を固くしていたから、一度の蹴りでは、体が揺らがなかった。すると市郎兵衛は、さらに腹を立てたらしかった。もう一度、今度は右肩を蹴った。

堪えてはいけないと悟った卯吉は、それで蹴られた方の右手をついた。三度目の蹴りで、体が転がった。

市郎兵衛は息を切らせながら、それで店から出て行った。羽澤屋に繫《つな》がる言葉は、何も聞くことができなかった。

気配を聞きつけたらしいお丹が、奥から現れた。

「市郎兵衛はもう、白黒がつくまで羽澤屋とは関わらない。それは私が、厳しく伝えた」

そこまで一気に言った。見上げると、憤怒《ふんぬ》の眼差《まなざ》しが卯吉に注がれている。お丹は続けた。

「おまえ、身の程をわきまえなくちゃいけないよ。奉公人が主人を問い質すなんて、とんでもない話だ。今すぐ追い出されたって、文句は言えないところだ。やらなくちゃあならないのは、千樽の灘桜を捜《さが》すことだ」

言い終えると、荒げた足取りで奥へ引き上げて行った。卯吉はその後姿を、ただ見ていた。

店には乙兵衛や手代、小僧がいた。しかし出かけていた定吉の姿はなかった。卯吉に声をかけてきた者は、一人もいなかった。


店が閉じられて半刻ほどしたころ、新川河岸の下り酒問屋の主人三人が、武蔵屋へ顔を出した。河岸の倉庫の使い方について、打ち合わせをしたのである。

手代が、奥の部屋へ案内した。打ち合わせは、手間取るものではなかった。市郎兵衛は出かけているので、この打ち合わせには、お丹と乙兵衛が出ていた。

市郎兵衛の不在を問う者は、いなかった。商いに関わる話なので、手代は廊下に正座して中のやり取りを聞くことが許されていた。

卯吉も出先から戻ってきていた定吉も、耳を澄ませている。新川河岸の問屋たちの考えや商いの方針、金の遣い方の違いが、やり取りの中で見えてくる。それを感じ取る力を養うのは、修業の一つだと先代の市郎兵衛は言っていた。

打ち合わせが済んで、灘桜を積んだ玄海丸が、いまだに江戸へ入らないことが話題になった。現れた三人は客ではないが、皆下り酒を扱う問屋の主人だから、荷船の延着については他人ごとではないと考えている様子だった。

「本当に、困ったものですよ」

三人は責める立場の者ではないので、お丹も愚痴《ぐち》めいた言葉を漏らした。

するとその中の一人山城屋弥次左衛門《やじざえもん》が、それに応じた。

「玄海丸の持ち主は、今津屋さんですからね。何か策略を巡らしているのではないですか。神奈川湊まで来ていて、江戸店《だな》が何も知らないというのは、おかしな話じゃないですか」

軽い口調だった。しかし説得力のある言葉にも感じた。

山城屋は、先日の鏡開きのときにも顔を見せていた。新川河岸では、この数年勢いをつけてきた下り酒問屋である。仕入れ高や販売量も着実に伸びて、こうした老舗大店の集まりにも顔を出すようになった。

「今津屋の東三郎さんは、信じられる人に見えますがねえ」

「それはそうだ。しかし西国の本店の意向や何かの事情があれば、分かりませんよ」

他の主人たちが応じた。

ただこの話は、長く続いたわけではなかった。一同は長居をすることもなく引き上げて行った。

主人たちが引き上げたところに、すれ違うようにして店に入ってきた者がいた。

「おや、次郎兵衛じゃないか」

お丹は、嬉《うれ》しそうな顔になった。卯吉にしてみれば腹違いの次兄で、今は分家して、芝浜松町で小売りの店を持っていた。

「いらっしゃいませ」

奉公人たちは声を上げる。次郎兵衛は奉公人たちには目も向けず、お丹の傍《そば》へ寄った。優し気な笑みを浮かべている。

「おっかさん。灘桜については、たいへんですねえ。体を壊さないかと、気になりますよ」

「そうかい。それで来てくれたのかい」

相好を崩したお丹は、次郎兵衛を茶の間に連れて行った。

「ふん。調子のいいことばかり、ぬかしやがって」

卯吉の耳元で呟《つぶや》いたのは、定吉だった。冷ややかな眼差しを、母子の後ろ姿に向けた。

店の隅へ行って、小声で話を続けた。

「次郎兵衛は、お丹の身を案じたから来たわけじゃねえぜ」

「まあ、そうかもしれないな」

殊勝なことを口にして近寄ってくるときは、たいてい下心がある。もともと次郎兵衛は傲岸《ごうがん》で身勝手、人を思いやる心など育っていなかった。

「あいつ、店がうまくいっていないんだ。それでねだりに来たんじゃねえか」

芝の分家の商いが、うまくいっていないという話は前から耳にしていた。

「困ったら、母親にすがるわけだな」

「若旦那育ちで辛抱がきかない。先を見通す目もない。それじゃあ、商いがうまくゆくわけがねえじゃねえか」

こういうことは、三月くらい前にもあった。

「武蔵屋は、そんな馬鹿息子にかまっているゆとりなんざ、ないじゃねえか。そしてお丹は甘いから、猫撫《な》で声を出されると金を出しちまう。ああやって、店の足を引っ張ってゆくわけだ」

苦々しい顔になっている。そして思い出したという顔になって、言い足した。

「おまえには、ずいぶん酷《ひど》いことを言ったらしいがな」

定吉は出先から戻って、卯吉が市郎兵衛に問いかけをし足蹴にされたことや、その折お丹に告げられた一件について聞いたらしかった。「酷いこと」という言い方に、心配りを感じた。

予想外だったので、気持ちが和らいだ。

武蔵屋へ小僧で入って二年ほどした頃、年長の小僧だった定吉は、卯吉にとって近づきがたい存在だった。冗談一つ口にせず、いつも怖い顔をしていた。

ある日顧客のもとから、届くはずの荷が届かないという苦情があった。手代の不注意で、届ける刻限が遅れたのである。何としてもその日のうちに届けろと、刻限まで伝えられた。

顔を引き攣《つ》らせた手代が、謝罪を兼ねて急ぎ届けに行く。その荷車を引くようにと吉之助が命じたのは定吉と卯吉だった。

荷車に四斗の酒樽四つを積んで、急ぎ武蔵屋を出た。定吉が引き、卯吉が押す。ががたと車輪が音を立てた。道行く人が、慌《あわ》てて道を空けた。

しかし絡んできた者がいた。

「おい、泥水が跳ね散って、汚れたぞ」

破落戸《ごろつき》が三人だった。雨上がりで、道には水たまりがあった。しかし泥水は、かかっていなかった。

「お許しくださいまし」

それでも手代は謝った。手早く切り上げたかったからだが、破落戸は執拗《しつよう》だった。

法外の金子を要求してきた。ときが過ぎて行く。このままでは、指定された刻限までに届けられない。

「先に行け。あとはおれが」

それまでおとなしくしていた定吉が、卯吉に耳打ちした。眦《まなじり》に決意がある。気迫のこもった顔を目の当たりにして、それまで呆然《ぼうぜん》としていた卯吉は我に返った。

定吉は、破落戸と手代の間に入った、卯吉は荷車の先棒を跨《また》いだ。一気に引いた。

「このやろ」

破落戸が追おうとしたらしいが、すぐに地響きがあった。誰かが転がされたのだ。しかしそれが破落戸なのか定吉なのか、卯吉には分からない。

必死で荷車を引いた。手代も荷を押してくる。

荷は無事に届けることができた。店に戻ってしばらくしたころ、定吉が顔を腫《は》らし泥だらけになった仕着せで、足を引きずりながら帰ってきた。

「大丈夫か」

「へい。なんとか収まりがつきました」

吉之助の問いかけに、定吉は言葉少なに答えた。破落戸には、しこたま殴られ蹴られしたらしかった。

「あいつは、己が殴られることで、始末をつけようとしたのだな。無茶なことをした。しかしな、そうでもしなければ、刻限までに品を届けることはできないと考えたのだろう。手立てはまずいが、商人としての志《こころざし》は悪くない」

後になって、吉之助はそう卯吉に言った。定吉の怪我《けが》については、吉之助は充分な手当てをするように、周りの者に命じた。

卯吉は定吉を、ただ気難しいだけの怖い存在だと思っていたが、この出来事以降、見方を変えた。吉之助は、機会があると、卯吉には定吉と組む仕事を命じてきた。それを嫌だとは思わなくなったのである。

互いに手代になっても、親しい間柄になったわけではない。定吉は相変わらずいつも仏頂面をしている。しかし仕事ぶりは学んだ。後になって、卯吉は吉之助がわざと自分と定吉を組ませたのではないかと思うようになった。

次郎兵衛は、お丹を伴って銭箱を管理する乙兵衛のところへ行った。渋る乙兵衛から、十両を出させたのだった。

四

卯吉は手代の仕事として小僧に荷車を引かせて、外神田にある大名屋敷へ四斗の酒樽を四つ届けた。

裏門で屋号を伝えると、すぐに門扉が開かれた。訪れは伝えてあったので、門番は疑うこともなく閂《かんぬき》を外したのである。武蔵屋は、この大名家の御用達を承っていた。

「うむ。ご苦労である」

台所方の藩士が、品を検めた。そして問いかけをしてきた。

「近く、当家では先々代の十七回忌の法要を行う。ついては、酒の席に出す酒で、よき品があれば伝えてもらいたい」

「さようでございますな、灘自慢なる品がございます」

灘桜を勧めたいところだが、今の段階ではできない。そこで次に勧められる品を話した。もともと、推奨をするつもりだった。

卯吉は別に用意してきた二升の酒徳利《さかどっくり》を差し出した。これには灘自慢が入れられている。

「皆様で、お試しいただけますれば幸甚にございます」

「そうか。ならば当方で試してみよう」

藩士は卯吉を、出入りの商人として遇している。やり取りは、滞《とどこお》りなく済んだ。

台所方は、このまま武蔵屋を、御用達として使うつもりでいる様子だった。

危機にある武蔵屋だが、この屋敷では、老舗としての信用は小ゆるぎもしていなかった。この信用は、守らなくてはいけない。

帰路、荷車を引く小僧は先に帰らせて、もう一軒顧客のところへ寄った。

新たな注文をもらい、霊岸島の手前にある新堀川河岸まで戻ってきた。北河岸には今津屋がある。玄海丸のことがあるから、卯吉には気になる店だ。しかし気になるのはそれだけではない。主人東三郎の娘お結衣の面影も、ちらちらと脳裏に浮かぶ。

新堀川に架かる豊海橋《とようみばし》を渡ろうとしたところで、背後から声をかけられた。

「卯吉さん」

聞き覚えのない声だった。誰だろうと振り返ったが、すぐには誰なのか分からなかった。親し気な笑みを口元に浮かべた、三十歳前後の日焼け顔の男だ。

「永代橋では、お世話になりました」

と告げられて思い出した。嵐の日に、永代橋で助けた船頭の惣太だった。惣太はあの翌日も、礼の品を持って卯吉を訪ねてきた。それで終わったつもりでいたが、今日も深々と頭を下げた。

「お怪我をなすっていましたが、その後はいかがですか」

「はい。すっかりよくなりました。橋桁《はしげた》と杭に嵌《はま》った私の船も、修理をいたしまして、すでに荷を運び始めております」

「それはよかったですねえ」

「卯吉さんや、皆さんのおかげですよ」

惣太は、よほど恩に着ているらしかった。橋の袂《たもと》に寄って立ち話、といった形になった。

「武蔵屋さんの方は、玄海丸がまだ着かぬようで、案じられるところでございますね」

神妙な顔で言った。西国からの樽廻船が、神奈川湊まで着きながら江戸に入らない。今津屋の船で修業をした者だから、この話を聞いていても不思議ではなかった。

「そうですね。何かが起こっているのは確かです。ですが何が起こっているのか、見当もつかなくて困っています」

誰かが奪い、その奪った者が分かっているならば、取り返す手立てを工夫することもできる。お上に訴える手もあるだろう。

定町廻り同心の田所紋太夫は、お丹から相当額の袖《そで》の下を得ているはずだった。しかし盗まれたとはっきりしているわけではないから、動きは極めて悪かった。この三、四日は、店に顔出しもしなかった。

「今津屋の東三郎さんも、たいそうお困りの様子です。いろいろと、手を尽くしておいでのようですが、行方が知れません」

「ほう。どのようなことをなさっているんでしょうか」

昨夜、店にやって来た山城屋弥次左衛門は、今津屋が策略を巡らせているのではないか、ということを口にしていた。まさかとは思うが、徐々に迫ってくる納品の期日を考えると、やはり気になった。

すでに二十六日になっている。月末まで、指を折っても片手で数えられるようになった。

「嵐の次の日には、西宮の本店へ飛脚便を出しています。浦賀《うらが》湊にも神奈川湊にも、人をやりました。毎日、到着を気にしています」

「なるほど」

なかった。

「あとは、船頭の蔦造や水手《かこ》たちが江戸へ来たときに立ち寄る居酒屋や女郎屋にも探りを入れましたが、ここのところは姿を現していないとのことでした」

惣太の話を聞いていると、東三郎が策略を巡らしているとは、どうしても考えられなかった。

「もし船頭が悪さをしていたとしたら、それは船問屋である今津屋の信用に関わります。ですから東三郎さんは、打てる手を打っているわけです」

西宮から江戸を結ぶ樽廻船は、潮と風の都合で早ければ十日足らずで江戸に着く。しかし潮目が悪く、天候に恵まれなければ、場合によっては一月近くかかることもある。ただそれは、人の力でどうなるものでもなかった。

しかし天候不順もない折に、内海である神奈川湊から、行方知れずになるのは尋常な事態ではない。玄海丸が現れないことは、武蔵屋が困るだけの話ではなかった。

五

卯吉と惣太が話をしている横を、二人連れの男が通り過ぎた。川に沿った道を、北新堀町方面からやって来たのである。職人ふうの身なりだが、どちらもどこか崩れた荒んだ気配を漂わせていた。

二十歳《はたち》前後と、二十代半ばといった歳格好で、若い方は役者にしたいような男前だった。

永代橋方面へ向かって歩いてゆく。その後姿を目にして、誰なのか思い出した。前にも、その背中をつけたことがある。

深川黒江町《くろえちょう》の小料理屋牡丹で、板前をしている宗次という者だ。前にこの場所で、今津屋のお結衣と親しそうに話をしているのを見かけた。瞬間、好いて好かれる仲だと察したが、男の方がやや邪険な様子に思えて、行き過ぎることができなかった。そして男をつけて、何者か分かったが、宗次には料理屋へ婿《むこ》に入るという噂《うわさ》があることを聞いた。

以来卯吉の胸の奥には、じんとする痛みが残っている。しかしどうすることもできなかった。詳しい事情は知らないし、お結衣と宗次の間柄について、口出しできる間柄ではなかった。

二人の男は、今津屋がある北新堀町方面から歩いてきた。お結衣と会ってきたのか、とも感じたが、その判断はできない。

「今行き過ぎた二人連れに、見覚えがありますか」

「いえ。知らない人ですが」

惣太は首を横に振った、それがどうしたという顔だった。惣太は今津屋への出入りは多い者だ。しかし宗次を、知らないことになる。

二人は永代橋を、東へ渡ってゆく。並んで歩く男から発せられる荒んだ気配が、卯吉の背中を押してくる。

「それではこれで」

惣太に別れを告げると、卯吉は永代橋に足を向けた。二人をつけるつもりだった。間を詰めた。話をしながら歩いているから、聞いてみようと考えたのだ。

しかし聞き取ろうとすると、よく聞こえない。何人かの男の名と、永代寺門前の町の名が聞こえたが、前後の脈絡は分からない。だからといって、極端に近づくわけにはいかない。

ただその中に、結衣という名が交じったのは聞き逃さなかった。ぎりぎりのところまで、間を縮めた。

「あの女、いいじゃねえか」

というのが聞こえた。年嵩《としかさ》の方の言葉だ。冷ややかな口ぶりに聞こえた。

「ええ、そりゃあもう」

宗次はそう受けてから、何か言葉を続けた。聞き取れなかったが、その口ぶりには、思いのある者について話す口調には感じられなかった。値踏みをし合ったような印象だ。

橋を渡り終えると、永代寺へ向かう広い道を歩いてゆく。一ノ鳥居が、目の前に聳《そび》え立った。

牡丹の前で、宗次は軽く頭を下げると、店の中へ入っていった。もう一人はそのまま歩いて、一ノ鳥居を潜った。

卯吉は、迷わずこの男をつけた。職人ふうには見えるが、昼日中、荒んだ気配を漂わせながら、娘について値踏みするような物言いをしながら歩いていた男。まともな者とは、思われなかった。

馬場通りは、幅広の繁華な道だ。屋台店が出ていて、通行人や荷車がしきりに行き過ぎる。茶店の藍染《あいぞめ》の幟《のぼり》が、風に揺れていた。

男は、永代寺門前山本町《もんぜんやまもとちょう》の横道に入った。このあたりには酒食をさせる店があり、女郎屋の並ぶ一角もある。昼間から化粧の濃い女が道端に立って客を引いている路地も見受けられた。

男はそれらには見向きもしないで通り過ぎ、入ったのは間口三間ほどの矢場だった。

若旦那ふうや遊び人といった風情の男が、化粧の濃い女をはべらせて、おもちゃのような矢を射っている。的に当たると、女がどんと太鼓を叩いた。ぷんと、酒のにおいもしてきた。

「きゃあ」

と女が声をあげた。

「おや、甲助《こうすけ》さん。今日は早いねえ」

女の一人が、男に声をかけた。狎《な》れた口ぶりで、仲間内かよほどの常連客だろうと思われた。何か言い合って、女が「きゃあ」と派手な笑い声をあげた。

甲助と呼ばれた男は、店の奥へ入っていった。

客というよりも、ここの主人の知り合いか子分、そのあたりではないかと考えられた。

「おや、遊びに来たんですかい。ならばさあさあ、お入りなさいな」

今しがた甲助と話をした女が、店の入り口に立っている卯吉に気がついて声をかけてきた。鼻にかかるような声で、濃い白粉《おしろい》のにおいが鼻を衝《つ》いた。

卯吉は逃げだしたい気持ちに駆られたが、それをしては何も聞き出せないと考えて腹を決めた。口にすべきことを、頭の中で整理した。

「宗次さんはいませんか」

知らないと言われたら、それまでだ。しかし親し気だった甲助との様子を振り返れば、それはないと考えた。

「なあんだ、あんたあの人を訪ねてきたのかい」

客ではないと知って、女の口ぶりがぞんざいになった。とはいえ、追い返そうとしたわけではない。「あの人」という言い方に、気安さが混じっていた。

「へい。ここに来れば、会えるんじゃないかって」

思いついたことを口にした。

「ふーん。それでどんな用なんだい」

「ちょっとばかり、用立てたお金を返してもらおうと思いまして」

金の使いっぷりを知れば、その者の暮らしぶりが見えてくる。これは前に、茂助が口にしていた。市郎兵衛の金の使い方が、その暮らしぶりを伝えてくるのと同じだと感じている。

だからこういう言い方をした。女はきっと、宗次の金遣いについて何か口にすると踏んだのだ。

「あんた、うっかりだねえ。あの人にお金なんか貸しちゃあいけないよ。戻ってなんか、来ないんだから」

あははと、愉快気に笑った。

「ど、どうしてですか」

困った、という口ぶりにした。

「あの人、二枚目だろ。だから女にもてる。若いのから年増までね」

「はあ」

それはそうだろうと感じた。腹の底は知らないが、物言いも一見した限りでは優しそうだ。

「いろいろな相手から、小遣いをもらうらしい。でも使い方は派手でね。賭け事もよくやる。だから貸したお足を返してもらうなら、懐のあったかいときを狙って言わなくちゃいけないよ」

と言われた。今が、温かいときかどうかは知らないらしかった。

「まあ、出直してきましょう」

いないと分かっているから、これだけのことが聞けた。女出入りが多くて、金遣いが荒い。やくざのような甲助と付き合っている。婿入りの噂があるとも聞いた。

どういう事情で知り合ったかは分からないが、宗次がお結衣にふさわしい男とは思えなかった。ふさわしいどころか、不幸をもたらしそうだ。

卯吉の胸に、苦いものが湧《わ》き上がってきた。

六

定吉は蔵前《くらまえ》にある小売り酒屋で、四両あまりの集金を済ませた。大福帳と金子を合切袋《がっさいぶくろ》に入れて、手に持っていた。集金のときは、いつもすべてを入れられる合切袋が手放せなかった。

神田川まで出て、すぐには霊岸島へ向かわなかった。浅草橋を渡ってから、神田川に沿った柳原《やなぎはら》通りを西へ歩いた。神田富松町へ向かっている。

羽澤屋の様子を見に行くつもりだった。

口ではいろいろ言ったが、玄海丸の不明は放置できないと考えていた。このまま販売の期日を過ぎてしまったら、武蔵屋は立ち直れない。すぐにではないにしても、一、二年のうちに店は潰れる。それは間違いないと思っているからだ。

定吉は、町の木戸番小屋の横手に立って、羽澤屋の様子に目をやった。金貸しの家だから、商品が置いてあるわけではないし、人がぞろぞろやってくるわけでもない。瀟洒《しょうしゃ》なしもた屋が、ひっそりと建っている。たまに追い詰められたような気配の商人や、職人、微禄の御家人といった者が戸を叩《たた》くばかりだった。

「あいつらは、玄海丸には関わりがない。ただ誰かが現れ、何かが起こるかもしれねえからな」

そう思って、やって来ていた。他に探る手立てがないというのも事実だ。

羽澤屋の番頭兵助と用心棒漆山が、わざわざ神奈川湊まで出向いた。金貸しが下り酒に手を出すにあたっては、何か因縁があるのではないかと定吉は考えている。

「きっと、下り酒に縁のある者が、羽澤屋の周りにいるぞ」

という推量だ。それが分かれば、調べはぐんと進む。

そろそろ夕暮れどきだ。木戸番小屋では、雑貨類の他に、蒸かし芋も売っている。そのにおいが、鼻を衝いてきた。腹の虫が、ぐうと鳴いている。

もうしばらく見張るつもりなので、木戸番小屋の初老の番人からほかほかの一本を買った。羽澤屋の建物に目をやりながら、熱々を齧《かじ》った。

腹の虫が治まると、少しほっとした。もし亥三郎や兵助、漆山が出てきたら、つけてやろうと思っている。

市郎兵衛やお丹は虫唾《むしず》が走るくらい嫌いだが、武蔵屋には恩義がある。改めて誰かに告げたことはないが、それは気持ちの根にあった。

先代の市郎兵衛や亡くなった番頭吉之助が、行き場のない自分を引き取ってくれた。商いのいろはを仕込んでくれた。それがなかったら、自分はいまだに漁師の下働きをしているのは確かだ。

実は定吉には、番頭で迎えると言ってきている店がある。移っても構わないとは思うが、丈之助のように、簡単に移るつもりはなかった。

受けた恩義があるから、せめて灘桜を取り返してからにしたいと考えていた。

「市郎兵衛やお丹が、店を牛耳っているようじゃあ始まらない」

それは市郎兵衛が主人になり、お丹が店の実権を握るようになってから、すぐに感じた。武蔵屋は泥船のようなものだと卯吉には伝えたが、それは誇張ではなく本心から口にしていた。

お丹の、市郎兵衛や次郎兵衛への身びいきが酷《ひど》すぎる。奉公人を大事にしない。卯吉が憎いのは分かるが、奉公人として見ても、他の手代と比べて差があり過ぎた。負担の大きい仕事ばかり押し付けていた。追い出したいのだとしても、店の役に立つ者をそれなりに遇しないのは、商人として失格だと定吉は判断している。耳触りのよい話にしか耳を傾けない。自分の考えは絶対だとして、他の意見を撥《は》ねのける。これでは武蔵屋が伸びるわけがない。

「しかも番頭の乙兵衛が、どうしようもない」

命じるだけで、手助けをしない。しくじると、自分に難が及ばないことをまず第一に考える。泥船にできた罅《ひび》を、さらに大きくしているようなものだ。

「それならば、卯吉にやらせる方がいい」

見込みのあるやつだと思うから、陰であれこれ言ってきた。あいつが逃げないなら、おれも残っていい。そうとさえ感じている。

「おお」

ここまで考えたとき、羽澤屋の門が開かれた。兵助と漆山が現れた。定吉は手にある合切袋を、ぎゅっと握りしめた。

柳原通りに出た二人は、東に向かって歩き始めた。すでに薄暗いから、兵助は提灯《ちょうちん》を手にしている。定吉はこれをつけた。

郡代屋敷の脇を通り過ぎ、さらに浅草御門前も行き過ぎた。両国広小路へ出て、さらに両国橋を東に渡った。

両国広小路には、屋台店や大道芸人が出て賑《にぎ》やかだったが、それらに気を留める気配はなかった。

橋を渡り終えた東橋袂《はしたもと》にも広場がある。ここも盛り場になっているが、人を避けて進んで広場を抜けた。そこで左折して、そのまま歩みを続けた。右手は武家地で片側が町になっている。

東両国の雑踏のざわめきが背中に聞こえてくるが、歩くにつれて商家が消えて人気の少ない薄暗い道になった。本所藤代町《ほんじよふじしろちよう》である。

しもた屋が中心で、浅草川に面したところに船宿があった。兵助と漆山が足を踏み入れたのは、そこだった。誰かと、待ち合わせているらしい。

玄関には掛行灯《かけあんどん》がつけられていて、笹舟という屋号がかすれた文字で記されていた。

二人が通されたのは、母屋の裏手にある離れ家だった。表の玄関を通らなくても、横手から敷地に入り離れ家へ入れる仕組みになっている。声が聞こえて建物を回り込んでみると、その姿が見えた。

離れ家にはすでに明かりが灯《とも》っている。先客の影が、閉じた障子に映っていた。何か言う声が聞こえたが、中身は聞き取れなかった。

「いったい誰だ」

心の臓が早鐘を打ち出している。下り酒に関わりのない相手ならば、すぐに引き上げるつもりだが、相手が誰かは確かめなくてはならない。

幸い日はすっかり落ちて、すでに西空の残照さえなくなっている。闇に紛れて縁先まで近寄ろうと考えた。ただ手にある合切袋が邪魔だった。

定吉は、道端にあった地蔵のところまで戻って、そこに合切袋を置いた。金子が入っているが、暗がりだから気づかれないだろう。

身軽になって、定吉は足音を殺して離れ家へ近づいた。

息をするのにも気を使いながら、縁先まで行った。部屋の明かりが届かない場所を選んで、身をかがめた。

耳を澄ますと、切れ切れの話し声が聞こえた。声を落としているから、はっきりは聞こえない。もちろん誰が話しているのかは、見当もつかなかった。

ただ話をする者の中の一人の声に、聞き覚えがあった。どこかで聞いた。それも一度や二度ではない。とはいっても、親しい間柄の者でもなかった。

何度か「船」という言葉が上がっている。玄海丸のことかとも思うが、ここは船宿である。その部屋を借りて、酒を飲んでいる。船という語だけでは、何を話題にしているのか見当もつかない。

そして次に、「玄関まで」と聞こえた。そのときは聞き流したが、次に耳に入ったのは「灘桜」という言葉だった。

「ああ」

漏《も》れそうになった声を、定吉は呑《の》み込んだ。これで「玄関まで」が「玄海丸」の聞き違いだと気がついた。体の中が、一気に熱くなった。

そうなると、話している相手は誰か。障子に映る人影は三つだ。皆町人髷《まげ》で、部屋には漆山はいない。おそらく離れ家の別室にいるのだと思われた。兵助は分かるが、後の一人は亥三郎だと見当がつく。分からないもう一人が、問題だった。

と、ここで、母屋とを繋《つな》ぐ廊下を人が歩いてくる気配があった。女中が、酒と料理の皿を運んできた。

定吉は場所を移動した。障子が開かれる。その折に中を覗《のぞ》ける場所を考えたからだ。

女中が声をかけると、中から障子が開けられた。開けたのは、兵助だ。定吉は首を伸ばして、その向こうにいる人物に目をやった。床の間を背にして座っているのは、商家の主人と言った身なりの者だ。

「あれは……」

顔が見えた。そして出そうになった声を、呑み込んだ。床の間を背にして座っているのは、定吉が見知っている者だった。武蔵屋の商売敵で、新川河岸の下り酒問屋の主人だったからだ。

「そうか、あいつが裏で糸を引いていたのか」

玄海丸不明の一件の黒幕が、見えたのである。

酒と料理が置かれると、障子が閉められ女中は母屋へ下がっていった。しかし定吉は、驚きですぐには動けなかった。心の臓を、いきなり冷たい手で握りしめられたような気持ちだ。

そしてしばらくして、ようやく我に返った。そして卯吉や、調べに当たっている岡っ引きの寅吉に伝えなければならないと思った。

もうここにいる用事はなくなっている。

このまま、離れ家から立ち去ろうとした。しかしそのとき、暗がりから侍が現れた。漆山だと、すぐに分かった。

「その方、話を聞いたな」

腰の刀に、左手を添えていた。すでに鯉口《こいぐち》を切っている。襲い掛かってくるのは、殺気だった。

迷う暇はない。定吉は闇に身を投じた。より暗い場所を目指して駆けたのである。

漆山が追って来る。必死で走った。出たのは浅草川の土手だった。対岸の、両国広小路の明かりが見えた。

定吉は足には自信があったが、追って来る漆山の足音は消えなかった。いや徐々に迫って来ていた。後ろからばっさりやられそうで、たまらなくなって振り返った。

立ち止まると、一間ほどの距離に漆山がいた。ここで刀を抜いた。定吉は、身に寸鉄も帯びていない。

闇に包まれた浅草川の土手には、野良犬の姿さえなかった。

「くたばれっ」

漆山が躍りかかってきた。振り下ろされた刀身が全身に衝撃を与えた。定吉はそれで意識をなくした。

七

「どうも、おかしいねえ」

乙兵衛がそわそわした口調で言い始めたのは、河岸の通りを薄闇が這《は》い始めた頃だ。蔵前の顧客のところへ集金に出かけた定吉が戻ってこない。それが気になるのだ。

「どこかで、油でも売っているのかねえ。あれに限って、そんなことはないと思うけど」

「掏《す》られでもしたのでしょうか」

「まさか。そこまでぼんやりじゃあ、ないでしょう」

二番番頭の巳之助の言葉を、乙兵衛は否定した。

定吉は癖のある者だが、仕事はよくする。間違いもない。それは乙兵衛も分かっているから、なおさら気になるらしかった。

今の武蔵屋にとっては、四両でも大きい。また乙兵衛は、面倒なことが起こるのを極力嫌がる。

卯吉は、定吉の帰りが遅いのは、羽澤屋についての調べをしているからだと推測している。たとえ集金した金を持っていても、調べようと思ったら定吉ならばやるだろう。

そして手掛かりらしいものが摑《つか》めたなら、刻限など気にしない。

お丹から羽澤屋への調べを命じられて、自分はやらないと口では言っていた。しかし実際は、やっているのだろうと察していた。ただ卯吉と同様、手掛かりを得た気配はない。

販売期日が迫る中で、店中が苛々《いらいら》していた。

そして暮れ六つの鐘が鳴っても、定吉は戻らなかった。こんなことは、これまで一度もない。

「ちょいと、ひとっ走りして、先様に確かめに行っておいで」

痺《しび》れを切らせた乙兵衛は、小僧に命じた。

店を飛び出した小僧は、半刻もしないで戻って来た。息を切らせている。

「夕刻前に、お金を受け取って店を出たそうです」

唾《つば》を飛ばしながら言った。事の重大さが分かっているからか、顔が強張《こわば》っていた。

「そ、そうかい」

この場には、市郎兵衛やお丹もいた。

「あいつ、金を盗って逃げたのでは」

知らせを聞いて、まず市郎兵衛が声を上げた。何かの事故とは、考えないようだ。

「まさか」

そう口にしたのは乙兵衛で、居合わせた巳之助も頷いている。

たかだか四両の金で、十年にも及ぶ奉公を無にするなどあり得ない。奉公人として、他人の飯を食ってきた者ならば、誰でも分かる。

「とにかく、立ち寄っていそうな場所を、捜《さが》しておいで」

お丹が命じた。

「金を持っていなくなったことは、口が裂けても言っちゃいけないよ。行方《ゆくえ》だけを聞くんだ」

乙兵衛が念を押した。手代が集金をしてそのまま戻らないなど、武蔵屋にとっては凋落《ちょうらく》を表にさらすようなものだ。乙兵衛は、そういうことにはよく気がつく。

すでに店は閉じているので、手代と小僧はいっせいに店を出た。

とはいっても、定吉は大酒を飲むわけではなく、女郎屋通いもしない。江戸に縁者がいるわけでもないので、捜すといっても限られた。

卯吉も、定吉の行方を捜した。

案じられるのは金ではない。手掛かりが得られるとなれば、定吉は少々無謀なことでも、ためらわずやってしまう。身に変事が起こっていなければいいと願うのだ。

なぜか胸騒ぎがある。

「はて、どこへ行ったのか」

商いの用ではない。荷車の小僧を先に帰らせたのは、一緒にいれば邪魔になるからだ。卯吉が思い当たるのは、羽澤屋以外にはなかった。

神田富松町は神田川に面していて、明るいうちはそれなりに人通りがある。大店といわれる店はないがしもた屋だけでなく商家もあった。しかし日が落ちてしまうと、商家は店を閉じてしまうから、にわかにひっそりとした様相になる。

赤々と明かりが灯っているのは、木戸番小屋と自身番屋くらいのものだった。羽澤屋も、闇に溶け込んで、まったくといってよいくらい目立たなかった。

卯吉は、木戸番小屋に詰めている初老の番人に問いかけた。

「夕暮れどきになる前あたりから、この通りで何か変わったことは起こっていませんか」

「さあ、どんなことかね」

「私のような商家の手代が絡む、悶着です。いざこざでなくても、何か変わったことなどはなかったでしょうか」

「なかったねえ。穏やかなもんさ。まあしいて言えば、あんたより少し年上の、手代みたいな人が、ここで蒸かし芋を食べていったくらいだね」

「私よりやや年上ですね」

どきりとした。

「しばらくそこで立っていたけど、腹が減ったのかもしれないね。うまそうに食べていたよ」

木戸番小屋の、脇のあたりを指差した。

「何で、立っていたんでしょうか」

「さあ、そこまでは知らない。聞きもしなかったからね。ただあの家を見ていたと思うけど」

指差したのは、羽澤屋の家だった。

「それで、手代はどうしましたか」

「夕闇が濃くなったころに、番頭さんとご浪人が出てきた。違うかもしれないが、二人をつけて行ったのかと思ったね」

間違ってはいない、定吉はつけて行ったのだと卯吉は確信した。

「どちらの方へ行きましたか」

「浅草御門の方だね」

もちろん、その先は分からない。

「旦那さんは、どうしましたか」

「夕暮れ前に、一人で出て行った」

兵助らと一緒になったかどうかは分からない。

「では家には、誰もいないわけで」

「いや、小僧と女中さんがいるはずだよ」

と告げられて、すぐに腹を決めた。行って、問いかけることにしたのである。

戸を叩くと、姿を現したのは十五、六歳の小僧だった。兵助に会いたいと伝えた。

「へい。どちら様で」

留守だ、としたうえで問いかけてきた。一瞬迷ったが、適当なことを口にした。

「日本橋高砂町《たかさごちょう》の伊勢屋《いせや》から来ました。兵助さんは、どちらへ行ったのでしょうか」

高砂町に伊勢屋という店があるのかどうかは知らないが、兵助の行先を知るための方便だ。定吉に危機が迫っているかもしれないと思うから、卯吉は必死だ。

「東両国の元町《もとまち》、筆墨屋の森田屋《もりたや》さんです」

後ろめたさのない顔で、小僧は言った。そう聞かされているらしかった。

羽澤屋を出た卯吉は、河岸の道を東へ走った。両国広小路をへて、両国橋を渡る。

すでに五つ（午後八時）をとうに過ぎていたが、東両国の広場には、酔客らしい者はまだあちらこちらにいた。酒を飲ませる屋台店が、明かりを灯している。

本所元町は、この広場に隣接した町だ。森田屋は間口二間半の店だったが、すぐに分かった。卯吉は、閉じられている戸を叩いた。

すでに明かりは、どこからも漏れてきていない。

「何だい、いったい」

迷惑そうに、主人らしい中年の男が姿を現した。卯吉はまず、夜分の訪問を詫《わ》びた上で問いかけをした。

「羽澤屋の兵助さんならば、来ましたよ。暮れ六つの鐘が鳴って、半刻くらいしてからだね」

一人ではなく、背後にはいつもの用心棒もいたと言い添えた。

「どういう用事だったのでしょうか」

「それがねえ、どうでもいいような用だった」

主人は、腑《ふ》に落ちないという顔で言った。どうでもいい話を少しばかりして、引き上げたそうな。

こうなると、それ以上の調べはできなかった。

武蔵屋の奉公人たちは、町木戸の閉まる四つ（午後十時）まで、あちらこちら定吉を捜しまわった。しかし定吉は帰らず、居場所を探り出すこともできなかった。

「やっぱり、持ち逃げをしたんだよ。さんざん恩を受けながら」

市郎兵衛は、悪態をついていた。

卯吉は、じりじりしながら定吉の帰りを待っていた。定吉の身に、とんでもないことが起こっていないか、それぱかりが気がかりだった。

第四章　遺体を運ぶ

一

卯吉は、まんじりともしないまま一夜を過ごした。定吉は戻らないままだ。明るくなっても、変事があったとの知らせは来なかった。

「定吉さんは、無事だろうか」

「襲われたのではないか」

奉公人たちの間では、定吉の身を案じる者がほとんどだった。四両の金欲しさに、人を襲う者は世の中にいる。

ただ定吉は、襲われて黙ってやられてしまう者ではない。無事でいてくれることを、卯吉は願った。

お丹は、定町廻り同心の田所紋太夫を呼び出した。袖《そで》の下を与えて、調べを依頼した。

「店の金を持ち逃げするなど、けしからぬ者だな。許せぬ。たちどころにひっ捕らえてやろう。わしに任せておけ」

四角張った赤ら顔の同心は、毛虱《けじらみ》のような眉《まゆ》を掻《か》いた。そして右手を突き出した。袖の下の増額を要求したのである。

お丹は一瞬不快な顔をしたが、すぐにそれを笑顔にかえて、さらなる金子を袂《たもと》に落とし込んだ。

「うむ。武蔵屋は、まっとうな商いをなして、町の者の暮らしを支えてきた店だ。そこから得られた貴重な金子を、何だと思っているのか」

声高に言って、店から出て行った。敷居を跨《また》ぐ際、袂の金子の重さを手で改めていた。

そして店から出たところで、外に待機していた岡っ引きの寅吉を呼んだ。

「よいか。しっかり調べて、必ずお縄にいたせよ」

と命じたのである。

「へ、へえ」

手札をもらっている寅吉は、逆らうことなどできない。逆らえば、その瞬間からお役御免となる。

田所は、がははと笑って新川河岸から立ち去って行った。

卯吉は田所の姿が見えなくなったところで、寅吉に近づいた。

「岡っ引きも、なかなかたいへんだな」

同情の言葉が出た。

「まあ、仕方がねえさ。でもおれは、あいつのために何かをするわけじゃねえから」

岡っ引きは、定町廻り同心を選べない。胸に抱えているその鬱屈《うっくつ》を跳ね返すように、寅吉は言った。

卯吉は、昨夜聞き込んだことを寅吉に話した。

羽澤屋から森田屋へ行ったことは、お丹と乙兵衛にも伝えている。しかし二人は、それがどうした、という顔をしただけだった。

「なるほど。さしたる用もないのに、わざわざ出かけたというのは、何か裏がありそうだな」

寅吉は興味を示した。定吉が兵助と漆山をつけたのは間違いないと思っているから、なおさらだ。

寅吉は、本所元町の森田屋へ行った。

小店なのは仕方がないが、どこか埃《ほこり》っぽい、手入れの行き届いていない建物だった。繁盛しているようには見えない店である。金貸しになど誰も関わりたくはないが、そういう事情がありそうな店構えに感じた。

敷居を跨いで中に入ると、品揃《しなぞろ》えも豊富にあるとは思えなかった。

「ちと、尋ねてえ」

寅吉は腰に差した十手に手を触れさせながら言った。店にいたのは、主人らしい中年男である。

「はい。何でございましょう」

覇気はないが、生真面目な者に見えた。

「昨夜、羽澤屋の番頭が訪ねてきたと聞いた。そのときのことを、詳しく話してもらいてえ」

「はあ。またどうして、そのようなことを」

昨夜は卯吉が顔を出した。それで気になったのだろうと、予想はついた。ただ説明するつもりはなかった。

「十手が知りたがっているんだ」

寅吉は、胸を張って応じた。すると主人は、さらに問いかけてくることはしなかった。

「うちでは、羽澤屋さんから元利合わせて三両ばかりの金子を借りています。その返済期限を確かめに見えたんです」

「期限は、差し迫っていたのか」

「とんでもない。一月半ほど先でございます」

「わざわざ来るほどの、用ではないな」

「そうです」

「用心棒も、いたそうだな」

「はい。はっきりと、お顔が見えました」

「他に、何か言ったのか」

「商いは順調かと訊《き》かれました。女房や子どものことも。そんなことは一度もなかったので、腑《ふ》に落ちない気がいたしました」

聞いた寅吉にしても、同じ思いだった。話の中身よりも、やって来たことに意味がありそうな訪れといっていい。

森田屋に尋ねるべきことは、他にはなかった。収穫があったような、なかったような問いかけだった。

二人は、なぜそんなことをしたのか。そこが問題だ。

店を出て、それについて考えながら東両国の広場を歩いていた。すると人の声高に話す声が、耳に飛び込んできた。

「浅草川の千本杭のところに、斬られた男の死体が浮かんでいたっていうぜ」

「ほんとうか」

「奉行所のお役人も、来ているぜ。ばっさりやられたようだ。あの辺りは、日が落ちると、人通りもなくなる。物騒な話じゃねえか」

心の臓が、跳ねそうになった。寅吉はすぐに走り出した。

浅草川の土手は広いが、人が集まっているので死体が置かれている場所はすぐに分かった。両国橋の北側で、波消しのための杭が多い場所なので千本杭と呼ばれていた。周辺は大名屋敷になっている。

死体はすでに陸《おか》に上げられて、町奉行所の同心と土地の岡っ引きが死体を検めていた。ぐるりと野次馬が囲んでいる。

岡っ引きの手先が数人、野次馬を近付けさせないように、突棒《つくぼう》を手にして立っていた。

寅吉は、その中で一番人のよさそうな者を選んで近寄った。腰の十手を見せた上で問いかけた。

「死人の歳は、いくつくらいかね」

「二十歳《はたち》くらいだな。お店者で、手代といったところだろう」

肩から袈裟《けさ》に、ばっさりやられていた。斬られてから、川に投げられたのだろうと言った。身元を伝えるものは、何もないという。ここから一番近い町が藤代町《ふじしろちょう》なので、何人か住人を呼んで顔を見させたが、身元を特定することはできなかった。

「ちょいと、見せちゃあもらえないか。行方《ゆくえ》不明の者を、捜《さが》しているんでね」

そう告げると、手先は同心と岡っ引きのところへ行った。寅吉は、北町奉行所の田所紋太夫から手札を受けていると伝えている。

「ならば、見てみろ」

同心に言われて、寅吉は震えそうになる足を踏みしめて死体に近づいた。初めから藁筵《わらむしろ》はかけられていない。濃い血のにおいが鼻を衝《つ》いてきた。

逃げ出したい気持ちと闘いながら、顔に目をやった。髷《まげ》は乱れ、顔は苦悶《くもん》に歪《ゆが》んでいる。しかしそれは、定吉に間違いなかった。

「霊岸島《れいがんじま》の酒問屋、武蔵屋の手代です」

震える体に力を込めながら、寅吉はやっとの思いで声を出した。

「そうかい。そりゃあ助かったぜ」

同心は、田所と武蔵屋へ人を走らせた。寅吉は同心に、定吉を捜していた事情を伝えた。


駆け込んできた本所方同心の手先は、武蔵屋の者たちに驚きと衝撃を与えた。

卯吉は朝になっても定吉が戻らなかったことから、心のどこかで、凶事が起こったと覚悟していた。しかしそれは、取り越し苦労だと思おうとしていた。それが本当になって、背筋がぞくっと震えた。

「奪った四両を持ち逃げしようとして、逆に物盗りに襲われたんだ。ざまあないじゃないか」

話を聞いた市郎兵衛は、まずそう言った。腹立たしさを面《おもて》に出したまま、やって来た手先に尋ねた。

「それでうちの四両は、持っていたのでしょうか」

こちらの方が、気になるらしかった。

「そんなものは、持っちゃあいなかった。ともあれ、千本杭まで来てもらうぜ」

手先は言った。お丹は、乙兵衛と卯吉に行くように命じた。商いはそのまま続ける。お丹からも市郎兵衛からも、死を悼《いた》む言葉は聞かれなかった。

乙兵衛と卯吉は、舟を仕立てて千本杭を目指した。泥船から離れろと言っていた定吉が、その泥船のために命を落とした。しかしこの段階では、その死を受け入れることはできなかった。

両国橋を潜《くぐ》り終えると、千本杭に近い土手に人が集まっているのが見えた。その中に、船着き場へ走り寄ってくる寅吉の姿が見えて、目に涙が滲《にじ》んだ。

舟が船着き場に着くと、卯吉はすぐに飛び降りて死体の置かれた場に駆け寄った。死体は間違いなく、定吉だった。

体に手を触れさせて、その冷たさに驚いた。

定吉の死を、もう認めないわけにはいかなかった。堪《こら》えようとしても、涙が溢《あふ》れ出てきた。

そこへ田所も姿を現した。卯吉らをどかせて、死体を検めた。

「これは、なかなかの腕利きの仕業だな。他に刀傷はない。一刀のもとにやられたわけだからな。おそらく浪人者だろう」

「物盗りの仕業だと思うか」

もう一人の同心が訊いた。

「もちろんだ。四両が奪われているのが、何よりの証拠ではないか。金を奪った賊は、闇の奥へ逃げたのだ」

田所は、これで片づけるつもりらしかった。

周辺を捜したが、合切袋《がっさいぶくろ》や商いの帳面は落ちていなかった。

死体発見直後から、岡っ引きの手先が聞き込みを行っている。夕暮れどきから夜にかけて、近くを通った者はいたが、犯行を目撃した者はいなかった。不審者に気がついた者もいなかった。

いつまでも、地べたに横たわらせておくわけにはいかない。戸板を借りてきて、遺体をこれに移した。

その仕事をしたのは、卯吉と寅吉だった。田所の話を聞いた本所方の同心も、物盗り説を受け入れている様子だ。しかし卯吉と寅吉は、そんなことは絶対ないと考えている。

「定吉は兵助と漆山をつけて、灘桜に関わる動かしがたい何かを見たんだ」

「うむ。だから殺されたわけだな」

卯吉の言葉に、寅吉は頷《うなず》いた。同心や市郎兵衛が何と言おうと、殺したのは兵助や漆山だと考えて、二人は調べを続ける決意をした。

二

検死の済んだ定吉の遺体を、いつまでも土手に置いておくわけにはいかない。本所方の同心は、遺体の引き取りを武蔵屋に求めたが、乙兵衛は渋った。

「旦那さまに伺《うかが》ってみないと、私の一存では」

煮え切らない返答だった。

子飼いの奉公人が、不慮の死で亡くなった。幼い小僧として店にやって来たときから、同じ釜の飯を食ってきた。驚きだけでなく悲しみもあるはずだが、お丹や市郎兵衛は、店の金を持ち逃げした者と考えている。

乙兵衛は、主人母子のその思いを忖度《そんたく》して、運ぶことに躊躇《ためら》っているのだ。

「まずは自身番へ運べばよかろう。引き取り手がなければ、回向院《えこういん》へ移すまでのことだ。ここからならば近い。手間はかかるまい」

これを口にしたのは、田所だ。

まるで物の処分のような言い方に腹が立って、卯吉は言い返そうとしたが、寅吉に強く腕を引かれた。そして首を横に振られた。

「何を言っても、始まらねえ。何にも伝わらねえ。あいつが腹を立てて、目の敵《かたき》にされるだけだ」

耳に口を寄せて言った。その言葉の意味はよく理解できた。こんなやつを相手にしても始まらない。

卯吉は取り敢えず、遺体を藤代町の自身番へ運んだ。そして急ぎ武蔵屋へ戻ったのである。

お丹と市郎兵衛への報告は、乙兵衛が行った。

「そうか。それならば、金は戻らないだろうな」

話を聞き終えた市郎兵衛の第一声は、それだった。お丹も頷いている。乙兵衛は、定吉の遺体引き取りについて言葉を発しなかった。

そこで乙兵衛の後ろで控えていた卯吉が、口を開いた。このままでは、話題にもならずに終わってしまう。

「武蔵屋の奉公人として、店で引き取り弔《とむら》いをしてやることはないのでしょうか」

これでも、怒りと無念を堪えて口にしていた。

お丹と市郎兵衛は、「何だ」という顔をした。一呼吸ほどの間をおいて、お丹が甲《かん》高《だか》い声を出した。

「店の金を奪った者ならば、罪人じゃないか」

苛立《いらだ》ちのこもった声だった。市郎兵衛も、怒りの目を向けてきている。それは金の持ち逃げだけでなく、余計なことを口にする卯吉に対する怒りでもありそうだった。

それでもかまわず、卯吉は続けた。

「まだ、店の金を奪ったとは決まっていません。定吉さんは、おかみさんに命じられて、羽澤屋を見張っていたんです。その姿は、町の木戸番小屋の番人も目撃しています。番頭と用心棒をつけて、両国橋方面へ行ったと話しました」

金の持ち逃げをするために本所へ行ったのではないと、伝えたつもりだった。

「おまえ、私が悪いとでも言うのかい。ふん。まだ奪ったとは決まらないならば、奪わなかったとも決まらない。いいかい、四両と帳面が戻らなければ、持ち逃げしたのと同じじゃないか」

お丹の剣幕には力がある。けれども卯吉も、怯《ひる》んではいられなかった。お丹や市郎兵衛、田所のやり方に、抑えがたい怒りがあった。

「では、奪ったかどうか決まらないから、奉公人の死については、武蔵屋は知らぬふりをするのでございますか。この一件の始末は、必ず新川河岸《かし》中に広まります。各問屋の方々は、どう受け取るでしょうか」

情に訴えて駄目な相手には、損得で迫るしかないと考えた。

お丹と市郎兵衛は、憎々し気な眼差《まなざ》しを卯吉に向けた。

「いかがでしょう」

ここでようやく、乙兵衛が口を出した。

「店が持つ長屋の空き部屋に引き取って、通夜と葬式だけはさせる。弔問に出たい者には出させる。それで店としては、充分なことをしたとなるのでは」

さすがにお丹も市郎兵衛も、反対はしなかった。

「勝手におし」

二人は、奥の部屋へ引き上げた。

卯吉は小僧に手伝わせて、定吉の遺体を本所から店の裏手にある長屋へ移した。朋《ほう》輩《ばい》の手代や小僧は、手伝いを嫌がらなかった。祭壇が拵《こしら》えられると、次々に奉公人が来て、線香をあげた。

「これは、若おかみさん」

小菊が線香を上げに現れた。卯吉を除く主人の家族で、唯一の弔問だった。すぐに引き上げたが、気持ちは伝わってきた。

話を聞きつけた、他の店の奉公人たちも、ちらほら姿を見せる。定吉には人望があったのだと、今になって知った。

そしてまだ夕暮れどきには間がある頃、本所藤代町の岡っ引きと自身番の大家が、武蔵屋を訪ねてきた。

乙兵衛が相手をし、卯吉もこのとき店にいた。大家は風呂敷包みを持っていて、上《あ》がり框《がまち》に腰を下ろすと広げて見せた。

「これは」

卯吉は中身を見て仰天した。乙兵衛も唸《うな》り声《ごえ》をあげている。定吉の合切袋《がっさいぶくろ》だった。

袋の口を広げて、中の品を取り出した。現れたのは四両あまりの金子と、商いの帳面だった。

「ああ」

合切袋に手を触れた。集金に出かける場合には、いつもこれに帳面を入れて持ち歩いていた。隅が少しほつれていて、定吉の手垢《てあか》がしみ込んでいる。

袋の口を、強く握りしめた。

「いったい、どこにあったんですか」

定吉の持ち物に相違ないと伝えた上で、卯吉は問いかけた。

「藤代町のはずれに、笹舟という船宿があります。釣り人や吉原へ繰り出す人が使いますが、密会に使われることもあります」

その船宿へ行く横道の角に地蔵があって、その裏手におかれていたと大家が言った。

「通りかかった町の住人が気づいて、持ってきた。中を調べたら、屋号が記された帳面が出てきたので持ってきた」

そう言った岡っ引きには、定吉が四両の集金をした後だったと伝えてある。

ここには、お丹も顔を出した。合切袋と帳面を検めた。

「合切袋は、目立たねえ場所ということで、地蔵の後ろに置いたんだろうな。持ち逃げするならば、さっさと逃げる。そこへ置かなくちゃならねえ事情が、あったということになるな」

岡っ引きが、考えを口にした。持ち逃げの可能性が、これで極めて薄くなった。

「笹舟の人は、なんと言っているんですか」

「合切袋など知らないし、地蔵の後ろに置いてあったことも気づかなかったと言った。まあ、目立たねえ場所だから当然だろう」

「辻斬りかもしれねえし、他の事情があるのかもしれねえ。この件については、田所の旦那《だんな》には伝えておくから、そっちで調べてもらう方が早いんじゃねえか」

「わざわざ、ありがとうございます」

お丹は、二人におひねりを与えて引き取らせた。

夕方、卯吉と寅吉は藤代町へ向かった。笹舟で何かがあった。その可能性は否めないので、お丹に外出を頼んだのである。お丹は駄目だとは言わなかった。

「考えられるのは、定吉がつけた兵助と漆山が笹舟に行ったということだな」

「そうだ。まずは確かめなくちゃならねえ」

卯吉の言葉に、寅吉が応じた。

笹舟は四艘《そう》の舟を持つ、このあたりでは老舗《しにせ》の船宿らしい。じかに当たる前に、近所の者にあらかじめ問いかけをした。

母屋の裏手には離れ家があって、ここはよく密会に使われるそうな。母屋を通らずに離れ家へ入れるので、相客は顔を見られずに部屋へ通ることができる。それが好まれる理由の一つらしかった。

「はい。昨夜離れ家をお使いになったのは、羽澤屋さんでした。夕方から五つくらいまでの間でした。羽澤屋さんのお客さんもおいでになっていて、お酒も出しました。

仕出しの料理も取りました」

十手を手にした寅吉の問いかけに、船宿の中年のおかみはそう返答をした。

まず主人の亥三郎が現れて、次に客がやって来た。飲み始めて少ししてから、兵助と用心棒が現れたという形だと、おかみは説明した。

酒を飲んだのは三人で、用心棒は離れ家内の別室に控えていたそうな。羽澤屋がこの船宿を使うのは初めてではなかった。前にも何度か、密談で使ったらしい。

「その客というのは、何者か」

ここが大事なところだ。寅吉が、慎重に問いかけた。

定吉はその人物の顔を見て、殺された可能性があるからだ。卯吉も固唾《かたず》を呑《の》んで、おかみの口元に目をやった。

「さあ、初めて来た方でした。大店《おおだな》の旦那さんだというのは分かりましたけど、分かったのはそれくらいです。歳ですか、四十歳前後だったと思いますが」

客は母屋を通してではなく、いきなり離れ家へ上がった。だから名を呼び合う姿も目にしていない。酒を運んだときに、ちらと見ただけだった。

「では、帰るときの姿も見ていないのだな」

「私は見ていません。もっと長くおいでになるのかと思いましたが、お早いお帰りでした。何しろ、ご注文いただいたお料理を、まだ離れ家へ届け切っていませんでしたから」

「なるほど。何かがあって、にわかに引き上げたわけだな」

卯吉と寅吉は、顔を見合わせた。

「たぶんそうだと思います。番頭さんもご浪人も、いなくなっていました。残った羽澤屋の旦那さんが、お代を払って一人でお帰りになりました」

「しかしこのあたりで、何かが起こったわけではないのだな」

「はい。気がつきませんでした」

もちろん羽澤屋らが、何を話していたのかも分からない。

「定吉は話の内容を聞き、客の顔を見たのだろうな。ここまでたどり着いたら、おれだってそうするからな」

寅吉は言った。自分もそうだと、卯吉も思っている。

その様子を探るところを、漆山に見つけられたのだ。合切袋を手にする間もなく追われて、千本杭の近くで捕まって斬られた。

昨夜の様子がおぼろげに浮かんだが、客が誰なのかは、まったく見当がつかなかった。

先に引き上げた商家の主人が何者か、これを知る手掛かりはこの船宿笹舟にしかない。見当がつかないままでは、帰れなかった。

三

「亥三郎や兵助に聞いてみるか」

「いや、それはもう少し後にしよう」

寅吉の言葉を、卯吉は退けた。正直に話すとは限らないし、またこちらの調べ具合が進んでいることを伝えてしまうような気もするからだ。

さすがの市郎兵衛も、今は羽澤屋とは付き合っていないだろう。こちらが羽澤屋を怪しんでいることは、承知していると考えた方がよさそうだった。

やつらは周到に動いている。

兵助や漆山は、家を出るときに本所元町の森田屋へ行くと告げた。そのときは軽い気持ちで言い残したにしても、事件が起こってしまうと、顔出しをしておかないわけにはいかない。

定吉とは会わなかった。森田屋へ行っていた。そういう形にしたかったから、さしたる用事でもないのに行ったのだ。

ご丁寧《ていねい》に、漆山の顔も分かるようにしていた。

だがそう考えると、ますますこの場からは離れられない。おかみは早く引き上げてほしいという気配を見せていたが、それにはかまわず卯吉は問いかけを続けた。

「客である商家の主人が引き上げるとき、おかみさんはその姿を見ていないと言ったが、他に見た人はいたんですかい」

いるならば、その人物にも尋ねてみたかった。

「それならば、いますよ。船頭の熊八《くまはち》さんです。私は料理やお酒のことをやっていたので気づきませんでしたが、辻駕籠《つじかご》を呼んでくるように言われたそうです」

「おお、そうか」

これは朗報だ。駕籠舁《か》きが分かれば、行先を知ることができる。熊八を呼ばせた。

痩《や》せた初老の船頭である。駄賃をもらって、東両国から駕籠舁きを連れてきたと告げた。

「橋袂《はしたもと》で、客待ちをしていたやつらです」

駕籠舁きの名など知らない。そもそも駕籠になど縁のない稼業だから、いつも東両国にいる者たちなのか、そうでないのかも分からない。

東両国の広場には、常に辻駕籠が行き来していて、何丁もの駕籠が客待ちをしている。探すのは容易ではなさそうだ。

「その駕籠舁きは、いくつくらいの歳でしたか。顔つきや体つきで、何か目立つものはありませんでしたか」

これがなければ、捜しようがない。一つでも二つでもいいから、思い出してほしかった。

「そうですねえ。えーと」

熊八は腕組みをして考え込んだ。

じりじりしながら、次に出る言葉を待った。

「歳は、どちらも三十代半ばくらいでした。体つきはがっしりしていましたよ。日焼けもしていました」

「…………」

駕籠舁きは、日差しの下を走っている。ひ弱な体では、駕籠など担えない。これでは特徴といえなかった。

「ああ、それから」

他にも、何か思い出したらしかった。

「駕籠の先棒の端に、般若《はんにゃ》の面を括《くく》りつけていました。あれは厄除《やくよ》けでしょうか」

「そうか」

卯吉と寅吉は、同時に声を上げた。これは探すのに、手掛かりになりそうだった。

二人はさっそく、東両国の広場へ行った。広場には、来たときと変わらない人の賑《にぎ》わいがあった。人を乗せた駕籠や客待ちの駕籠が、いくつも目についた。

それらの駕籠の先棒の端を、一つずつ検めてゆく。だが広場には、すでに薄闇が広がっている。確かめるのには手間がかかった。

「ないな」

一通り見回したところで、寅吉が言った。瓢簞《ひょうたん》や水筒、提灯《ちょうちん》をぶら下げたものはあった。しかし般若の面は、見かけない。

そこで客待ちをしている駕籠舁きに、寅吉が問いかけた。

「さあ、見かけないねえ」

最初の駕籠舁きは知らなかった。しかし二人目の駕籠舁きは知っていた。

「そりゃあ辰造《たつぞう》と六助《ろくすけ》じゃねえか」

どちらも年齢は三十代半ばで、先棒の先に般若の面を括りつけているという。他には見かけないというから、その駕籠に間違いないと考えた。

卯吉も寅吉も、気持ちが逸《はや》っている。

「その者たちとは、どこへ行ったら会えるのか」

「駕籠舁きが一つのところにいたら、銭になんかならねえ。日がな、あちらこちら、行ったり来たりしているからねえ」

高揚した気持ちが、それでいく分か冷えた。しかし手掛かりには違いない。

「二人は、いつもどの辺を流しているのか」

「そうだね。浅草寺界隈《かいわい》や蔵前通りあたりだね」

といわれたので、両国橋を西へ渡った。蔵前通りに出て、行きすぎる駕籠の先棒に目をやった。すると暮れ六つの鐘が鳴っているのに気がついた。

空駕籠が通りかかったので、声掛けをした。

「先棒に般若の面をつけた、辰造と六助を知らないか」

「さあ。辰吉ならば、知っているけどねえ」

さらに問いかけを続ける。四つ目の駕籠で、ようやく手応えのある返答を聞いた。

「ちょいと前に、御米蔵《おこめぐら》の向こうで見かけたぜ」

卯吉と寅吉は駆け出した。御米蔵の先黒船町の木戸番小屋の脇で、煙草《たばこ》をふかしている駕籠舁きがいた。先棒の先を見ると、般若の面がついていた。

「おまえたち、辰造と六助だな」

寅吉は、十手に手を触れさせながら声をかけた。

「そうだが、何か用かね」

「昨日の暮れ六つ過ぎ、本所藤代町の船宿から、商家の旦那ふうの客を乗せなかったかね」

「ああ、乗せたよ」

先棒の方が、即答した。

「そうか」

やっと巡り合えたと、卯吉は息苦しいような気持ちになった。

「どこまで、運んだのか」

「霊岸島さ。降りるときには、酒手ももらったぜ」

もう、間違いない。内臓の全てが、一気に熱くなった。灘桜千樽を、奪おうとしている者だ。大店の店の前で、下ろしたそうな。

ただ駕籠舁きは、屋号までは覚えていなかった。

「下ろしたところまで、行ってくれるか」

「かまわねえよ。駕籠賃さえ払ってくれたら」

もちろん、異存はなかった。寅吉が駕籠に乗った。

「えいほ、えいほ」

どこの店の前で停まるのか。心の臓の高鳴りは、霊岸島界隈に入ると抑えきれないほどになった。

「ここでさあ」

停まったのは、山城屋の前だった。

「こ、ここか」

主人の弥次左衛門は、店に来たとき玄海丸の遅れは今津屋の企みではないかと言っていた。

「悪党めが」

憤怒が湧《わ》き上がってくるが、何よりもまず、確かめなくてはならないことがあった。

山城屋の店はすでに戸が立てられているが、一枚だけ開いていてそこから明かりが漏《も》れている。中を覗《のぞ》くと、店頭の酒樽について検品をしているらしかった。店の奥には、弥次左衛門の姿も見えた。

「顔を、見てくれ。あの羽織の男だ」

やや離れたところからだが、中を覗かせた。辰造と六助は目を凝《こ》らした。

「あれです。あの男でしたね」

二人は、弥次左衛門を指さして頷き合った。両方の住まいを聞いたうえで、引き上げさせた。

「とうとう、現れやがったぜ」

興奮を抑えかねる口調で寅吉は言った。

山城屋は近頃、めきめきと伸びてきた店だ。資産もありそうだ。しかし老舗とはいえない。大名家の御用達も持っていなかった。新興の店といっていい。

これと金貸しの羽澤屋が組んで、玄海丸の船頭蔦造を使った企みだと、おぼろげながら真相が浮かんできた。

「定吉の死は、無駄ではなかった」

と考える。命を懸けて、真相を暴いたのである。

それを思うと、全身が震えた。堪えていた涙が頬《ほお》を濡らした。

四

「おい」

背中を叩かれて、卯吉は振り返った。叩いたのは寅吉だった。

「まだ、泣いている場合じゃねえぞ」

と言われてはっとした。

玄海丸の不着について、その企みと関わった者の姿がおぼろげに見えてきた。しかし状況を組み立てて、こちらが勝手に想像したものにすぎない。糾弾《きゅうだん》できる明確な証拠を手に入れたわけではなかった。

寅吉の言葉は、身に沁みた。

闇の船着き場に出て打ち合わせをした。分かったことを、どうするか。確証を得るために何をなすべきか。闇雲《やみくも》に動くわけにはいかない。

茂助がいれば知恵を借りられるが、行方も知れない。

「田所には、黙っていよう。あいつに知られたら、ぶち壊しになるからな」

「それはそうだ」

寅吉の言葉には同意した。勝手に山城屋へ乗り込んで丸め込まれ、金子を握らされるのが関の山だ。下手をすれば、向こうの指図でこちらを潰《つぶ》しにかかってくるかもしれない。

「大和屋さんには伝えておこう」

「そうだな。叔父ならば、助言もしてくれるだろう」

「お丹はどうする」

そう告げられて、卯吉は考えた。市郎兵衛は論外だし、乙兵衛は伝えても意味がない。しかしお丹は、少し違う気がした。

お丹は自分への愛はないが、店を守りたいという気持ちはある。その部分では信頼できた。見栄っ張りで自尊心が強い。二人の倅《せがれ》には盲目的な接し方をするが、他の部分では愚かというほどではない。

卯吉と寅吉は、大伝馬町《おおでんまちょう》の大和屋へ勘十郎を訪ねた。

勘十郎は定吉の死について、すでに市郎兵衛から報告を受けていたが、詳細は知らなかった。集金した金を持ち逃げしようとした中で襲われ、命を落としたと伝えられていた。

千本杭で発見されたときの模様、そして兵助と漆山をつけたところから、二人の駕籠舁きが山城屋弥次左衛門の面通しをしたところまで、詳細に話した。

「そうか。惜しい男を亡くしたな」

勘十郎は、死を悼んだ。通夜と葬式の費用にしろと言って、一両の香典を出してくれた。

店の裏長屋では、もう通夜が始まっている。定吉は金を持ち逃げなどしていなかったし、奉公人たちには慕われていた。手代や小僧たちが集まっているはずだった。

卯吉も寅吉も、打ち合わせが済んだら駆けつけるつもりだった。

「お丹へは、いずれ伝えねばなるまい。あれでも店を動かしているおかみだからな。店を守りたい気持ちは強い。ただ市郎兵衛や次郎兵衛には、話してしまうかもしれぬ。となると、どう転がるか分からないぞ」

もう少し調べが進んでからでよかろう、という判断だった。卯吉と寅吉は頷いた。

「山城屋は、この数年で大きく伸びてきた店だ。主人の弥次左衛門はもとは奉公人で、婿に入った者だ。問屋といっても小店だったのを、弥次左衛門が大きくしてきた。だから入《い》り婿《むこ》とはいっても、女房や親戚筋の顔色をうかがうような立場ではない」

「やりたいように、商いをしてきたわけですね」

「そういうことだ。裏では手荒な真似《まね》、阿漕《あこぎ》な商いもしてきたのだろう。そしていよいよ、大店の武蔵屋へ手を伸ばしてきたわけだな」

「灘桜千樽を奪っても、売れないのではないでしょうか」

　これは卯吉の疑問だ。市場に出せば、盗品であることはすぐにばれる。

「売る気など、端《はな》からないだろう。売り出しの期日後に戻せばいい。それだけで武蔵屋は大きな出費を強《し》いられ、信用を失う」

「大名家の御用達や大口の顧客を失ないますね」

「それをかすめ取る腹だろう」

江戸ではない遠隔地で、店の名を隠して売る手立てがあるのかもしれない。灘の希少酒だから、求める者はいるだろう。

充分な金を得た蔦造は、船を放り出して姿を晦《くら》ましてしまえば済む話だ。兵助や漆山ならば、用済みの後は、口封じに殺してしまうかもしれない。

「ただ今は、船とともどもの千樽をどこに置いているかだな。それを捜さなくてはなるまい」

　こうしている間にも、期日が迫ってくる。ついに四日を切ってきた。

「どのような、手立てがあるでしょうか」

勘十郎だって、分かるわけがない。ただ一緒に考えてもらえればありがたい。

「羽澤屋亥三郎と山城屋弥次左衛門がどうして繋《つな》がったのか。その点は摑《つか》んでおかなくてはなるまい」

「へい。そこから何かが飛び出すかもしれませんね」

寅吉が応じた。

羽澤屋もおおざっぱなところは聞き込みをしたが、調べつくしてはいない。山城屋も同業で町内だから、分かっているような気になっていたが、詳細については知らないことが多かった。

「おまえたち、食事は済ませたか」

と聞かれて、まだ食べていなかったことに気がついた。腹は減っていない。今日中にすべきことを、しなければと気が急《せ》いていた。それで怒りと悲しみを紛らわせていたのである。

「食べていけ」

と言われて、馳走《ちそう》になった。

武蔵屋へ戻った卯吉は、お丹に面談を求めた。合切袋のあった場所について調べに行ったのだから、結果は知りたいらしかった。

茶の間に通された。

市郎兵衛の姿はない。酒でも飲みに、出かけたのかもしれなかった。

「合切袋のあった近くに、笹舟という船宿がありました。ここに羽澤屋の主人と、どこかの主人らしい者が、酒を飲んでいたそうです。船宿のおかみに確かめました。兵助と用心棒をつけた定吉は、その場へ行ったのだと思われます」

もう一人の客が山城屋だということは、まだ伝えない。ただこれで、定吉が持ち逃げをしたのでないことははっきりした。それは何を置いても、伝えたかった。

「主人らしい者の顔を見たから、殺されたっていうわけだね」

「そうです。船宿の女房は知らない者だと言いました」

「じゃあ、それを捜すしかない。羽澤屋に聞いてみれば済む話じゃないか」

予想通りの反応をした。

「正直に、話すと思いますか。人まで殺していて。それはもう少し探ってからにいたします」

お丹は、駄目だとは言わなかった。

「じゃあ、急いでおやり」

期日が迫っている。定吉の死よりも、気になるのはそちらだ。

これで話は済んだ、お丹は手を振って去れという合図をした。しかし卯吉は、もう一つ大事な話をしなくてはと思っていた。それで切り出した。

「定吉さんは、店の金子を持ち出したのではありませんでした。おかみさんに命じられた羽澤屋の調べをしていて、命を奪われました。武蔵屋として、そのままにはできないと存じます」

「何だって」

お丹は、きっとした眼差《まなざ》しを向けた。下に見ている気に入らない者に、図星を指されたと感じたようだ。

しかも自分は思いもしなかったことについて……。

「余計なことを、言うんじゃないよ。おまえに言われなくたって、ちゃんと考えているさ。だから通夜だって葬式だって、出してやるんじゃないか」

僧侶は呼んだらしい。しかしその手配をしたのは乙兵衛だと、店に戻ってから小僧に聞いた。

「申し訳ありません。余計なことを申しました。ならば定吉さんの相模《さがみ》の実家にも、慰労の金子を送っていただけるわけでございますね」

「あたりまえだよ。いちいちうるさいね。さっさとお下がり」

苛立ちの声になった。

「ありがとうございます」

卯吉は丁寧《ていねい》に頭を下げて引き下がった。お丹は傲岸《ごうがん》だが、口にしたことはする。ほっとした。

それにしても、お丹に対してこんなに何かを言うなどはこれまでになかった。理不尽なことをされても、受け入れるだけだった。しかし灘桜が不明になって、定吉の命までが奪われた。

黙っていては何も始まらないと、追い詰められて気づいたのである。

それから、裏手にある長屋へ行った。通夜の明かりが灯《とも》っていて、馴染《なじ》みの顔が集まっていた。武蔵屋の者だけではない。新川河岸の手代や小僧だけでなく、取引先の店の手代の顔もあった。

「さあ、お線香を上げてくださいな」

今津屋のお結衣も来ていて、声をかけてきた。武蔵屋に荷を運ぶ今津屋だから、お結衣が定吉を知っていても不思議ではない。

卯吉は遺体の前で、膝《ひざ》を揃《そろ》えて座った。線香を上げ、両手を合わせて、これまで見聞きしてきたことのすべてを、胸の内で伝えた。

「亡くなったことを、無駄にはしないから」

これだけは、はっきりと声に出した。

「お弔いのお酒です」

お結衣が茶碗を差し出した。一升徳利から、酒を注いで寄こした。焼香に来た東三郎が、持参したものだと伝えられた。お結衣は夕方頃からやって来て、通夜のための支度を手伝ったという。

卯吉は酒など飲まないが、定吉との別れの酒だと思うから喉《のど》に流し込んだ。じんと、喉から胃にかけてが熱い。

先に来ていた寅吉が、お結衣と定吉について話をしている。お結衣も、定吉の死を悲しんでいた。

お結衣は義理と人情をわきまえたまともな娘だ。それがなぜ宗次のような男に惹《ひ》かれるのか、卯吉には分からない。問いかけてみたいが、それはできなかった。

五

二十八日になった。早朝、寅吉は新川河岸へ出て山城屋の店の前へ行った。戸を開けている店はまだ一軒もなく、新川河岸を行く酒樽を積んだ荷船の姿も見かけなかった。

「まさか羽澤屋と山城屋が繋《つな》がるとはな」

考えもしなかった。毎日のように前を通って、当たり前のように目にしていた店舗が、いきなり特別なものになった。

山城屋ではこれまで、奉公人や出入りの荷運び人足が、悶着《もんちゃく》を起こすなどはなかった。だから岡っ引きとして関わる機会も、ほとんどなかった。たまに番頭から、二、三十文のおひねりを受け取るくらいのものだった。

家族や奉公人の顔は知っていたが、親しい者はいなかった。お絹《きぬ》という三十代後半の女房がいて子どもはいない。利兵衛《りへえ》という三十代前半の歳の番頭がいる。ぎょろりとした目で、額が広い。奉公人たちをよく束ね、乱暴者の人足たちを上手に使っていた。

他には四人の手代と、七人の小僧がいた。二十代半ばになる忠太《ちゅうた》という手代は、もうじき番頭になるという噂《うわさ》があった。この忠太は、利兵衛よりも抜け目のない者に見える。

様子を見ていると、箒《ほうき》を持った十四、五歳の小僧が通りに出てきた。掃除を始めるらしかった。

寅吉は偶然通りかかったふうを装って近づいた。

「精が出るな」

顔見知りだから、小僧は「へい」と言って頭を下げた。

「新川河岸では、灘桜がいつ江戸へ着くか、その噂で持ち切りだな。そういう話を、山城屋ではしないか」

反応を見ながら言ってみた。

「そういえば、手代さんたちが話をしているのを聞いたことがあります。間に合うか間に合わないか、百文ずつ賭《か》けている人もいました」

と言ってから、慌《あわ》てて口を押さえた。余計なことを言ってしまったと思ったようだ。

「気にすることはねえ。ここだけの話だからな」

寅吉が笑顔になって告げると、小僧はほっとした顔になった。賭け事にするくらいならば、小僧はもちろん手代たちも、玄海丸や灘桜にまつわるもろもろは知らないのだと推量できた。それでも手代のうち、一人や二人は知っているかもしれないと考えた。

「ところでおめえ、羽澤屋という屋号を聞かねえか。神田では、ちょいと知られた店だが」

金貸しとは言っていない。知らないと言われたら、他の者にあたるつもりだった。

「知っていますよ。旦那さんのご親類の家です。年に何度か、おかみさんが訪ねて見えます」

「ほう、そうか」

小躍りしたい気持ちを押さえながら、寅吉は声を落として言った。重ねて聞くと、兄妹らしいと答えた。

そこで寅吉は、自身番へ行った。ここの書役に、人別の写しを見せてほしいと頼んだ。誰を調べるとは伝えない。父親が昵懇《じっこん》にしていた相手だからできることだった。

番屋の奥の部屋で、綴《つづ》りを捲《めく》って確かめた。弥次左衛門は川崎宿に近い大師《だいし》河原《がわら》という在所の水呑みの倅《せがれ》だった。十一のときに江戸へ出てきて、山城屋へ小僧奉公をしたと記されていた。

『妹あり　神田富松町羽澤屋亥三郎女房』と付記されている。婿に入るまでの名は弥《や》太《た》だった。

新川河岸の住人とはいっても、いちいち人別まで調べることはない。始めて知った。

これで羽澤屋と山城屋が、きわめて近い間柄だと分かった。

亥三郎の女房はおぎんといって、二回り近く若いと聞いていた。深川の元芸者である。

寅吉は、神田富松町の自身番へ行った。改めて、おぎんについて聞いた。

「あの人は、深川永代寺門前町の置屋山吹《やまぶき》にいたんです。出ていた座敷で亥三郎さんに見初《みそ》められたんです。深川芸者ですからね、なかなかきっぷがいいですよ」

自身番に詰めている大家や書役には、愛想がいいらしかった。亥三郎と所帯を持ったのは十四年前だと付け足した。

「夫婦仲はどうかね」

「何しろ若いおかみさんですからね。それに気性も合うんでしょう。うまくいってるんだと思いますよ」

それから寅吉は、羽澤屋の近くへ行って建物に目をやった。おぎんの顔を、見ておかなくてはと思った。とはいっても、簡単に表通りに出て来ない。

四半刻《しはんとき》で痺《しび》れを切らせて、敷地の裏側へ回った。表は黒板塀《くろいたべい》だが、裏手は垣根だった。

枝を分けて中を覗《のぞ》くと、手入れの行き届いた庭になっていた。建物も瀟洒《しょうしゃ》で、分限《ぶげん》者《しゃ》の隠居所といった雰囲気もある。

「人を泣かせて、稼いだのだろうぜ」

寅吉は胸の内で呟《つぶや》いた。

このとき、女の笑い声が聞こえた。そこで声がした方に目をやった。三十代後半の子持ち縞《じま》の着物を着た女と剪定鋏《せんていばさみ》を持った庭師らしい男が現れた。松の枝ぶりについて話をし始めた。

大年増といって差し支えない歳だが、ぞくりとするくらい艶《つや》やかさを備えた面立ちだった。気が強そうで、抜かりのない顔に見えた。

庭師は、「おかみさん」と呼んでいる。あれがおぎんだと、寅吉は理解した。

顔さえ見られれば、今のところ用はない。これで富松町から離れた。次に行ったのは、深川永代寺門前町である。

山吹という置屋を捜すのは、そう手間取らなかった。界隈《かいわい》では、老舗といってよい置屋らしい。路地奥にあるしもた屋だが、掃除が行き届いていて格子戸のある落ち着いたたずまいをしていた。

「羽澤屋のおぎんさんについて、話を聞かしてもらいたくてめえりやした」

四十前後のおかみさんふうが出てきたので、さっそく尋ねた。腰の十手に手を触れさせてはいるが、偉そうには言っていない。岡っ引きなんか怖れない、きっぷのよさを売り物にしていそうな気がしたからだ。

おぎんがここにいたのは、十四年以上前である。知っている者がいないならば、それはそれで仕方がない。

「おぎんちゃんならば、長い付き合いですよ」

女はここのおかみだと告げた。おぎんとは朋輩《ほうばい》で、共に三味線《しやみせん》や踊りの稽古《けいこ》をした。同じ座敷に、何度も出た仲だと言った。

「で、なんであの人のことを知りたいんだい」

と問われて、少し困った。

「いえね、あっしの知り合いの娘が、羽澤屋さんに女中奉公をすることになったんですよ。おぎんさんは、ちょっと見たところでは怖い感じですから、様子を聞いてきてほしいとたのまれましてね。馬鹿な話なんですが」

照れた様子にしてごまかした。

「甘ったれた子だねえ。そんなふうに怖がっているようじゃ、奉公は務まんないよ」

おかみは笑った。こちらの話を、信じたようだった。

「あの子は口減らしのために、兄さんと一緒に家を出された。給金の前渡しを親が受けとっての奉公だったからね、逃げるわけにもいかない。嫌な思いや悔しかった出来事がいっぱいあって、苦労をしたと思うよ。あたしだってそうだけど」

「じゃあ、人にも厳しいわけですね」

「あたりまえじゃないか。あの子、いい客を取るためには、手立てを選ばないところがあった。だから今は、左団扇《ひだりうちわ》で暮らせるようになったんだよ。ちゃんとやれないやつは、泣きを見る。嫌ならば、そうならないように自分で動くしかない。違うかい」

おぎんの考え方の一端がうかがえた。

「江戸にいる兄さんという人とは、仲が良かったんですかい」

「そりゃあそうだろう。江戸にいる親族といったら、他にはいないんだから。婿に入ると決まったときには、喜んでいたよ」

思い出す顔になった。

「おぎんさんとは、今でも折々会うんですかい」

「たまにね。そうそう、つい三、四日前くらいに、ばったり会った。汁粉食べながら、半刻も喋《しゃべ》っちまった」

あははと笑った。

「そのときは、お兄さんについて何か話していましたかい」

「詳しいことは言わなかったけど、近く大きな仕事して、兄さんの店の格を上げてやるんだって、張り切っていたね」

「今のところ、うまくいっているわけですね」

「だろうね。機嫌が良かったから」

「なるほど。それじゃあ、あのぼんやり娘には、奉公は無理かもしれませんね」

寅吉はそう言って、山吹から引き上げた。

六

朝の内、二軒の小売り屋の主人が、店へやって来た。

灘桜が発売の期日まで、ついに三日となった。玄海丸の行方が知れないまま、日にちだけが過ぎている。半額の保証があるでは済まない客もいて、それが問い質しにやって来る。

「うちは、お客さんとした約定《やくじょう》を守ることで商いをしてきました。うちが欲しいのは、お金じゃないんですよ」

「あいすみません。しかし船は、必ず着きますから」

乙兵衛が、ひたすら頭を下げる。お丹は今朝は、客の前に顔を出さなかった。

市郎兵衛は、面倒な客が現れると、裏口から消えてしまう。そして夕方、酒臭《くさ》い息をして戻って来た。夜の外出は明らかに前より減ったが、主人としての役目はまったく果たしていなかった。

「あんなやつは、いねえほうがやりやすいだろう」

卯吉が事情を伝えると、聞いた寅吉はそう応じた。

お丹はじりじりしている。裏手の酒蔵で出荷の支度をしている卯吉のところへ、向こうからやって来た。こんなことは一度もなかったから驚いた。

「羽澤屋の調べはどうなったんだい。こんなところで、ぼやぼやしている場合じゃないだろう」

苛立ちをぶつけられた。

「田所にしろ、おまえにしろ、役に立たないやつばかりだ」

と追い立てられた。仕事はしろと告げられていたが、それどころではないと感じ始めたようだ。

その苛立ちをぶつけられるのは、卯吉だけではない。乙兵衛をはじめとする奉公人すべての者たちだ。

店は常にもまして、ぴりぴりし始めた。

卯吉はお丹の言葉には構わず、仕事を続ける。昼過ぎには定吉の葬儀があるから、それまでにやらねばならないことを済ましてしまわなくてはならなかった。

灘桜は最優先事項だが、だからといって他の日常の仕事を後回しにしていい理由にはならない。また定吉の葬儀は、何があってもやるつもりだった。

寅吉が羽澤屋や弥次左衛門について調べをしている。動くのは、それの結果を聞いてからだと思っていた。

通夜を済ませたお結衣は、いったん今津屋へ戻ったが、正午過ぎになって、新しい花を持参してやって来た。葬儀の手伝いもする気でいる。

「ありがとうございます。助かります」

卯吉は、改めて礼を言った。

「定吉さんは、玄海丸の行方を追う役目の中で、災難に遭《あ》ったと聞いています。それならば、今津屋としても、関わりのない話ではありません」

お結衣はきっぱりと言った。

そろそろ僧侶がくるかという頃、寅吉が調べから戻って来た。

「なるほど、山城屋弥次左衛門と羽澤屋亥三郎は、義理の兄弟だったわけだな。おぎんが言ったという、兄さんの店の格を上げるというのは、まさに灘桜の一件を指しているると受け取れるじゃあないか」

「金貸しと酒問屋が力を合わせて、武蔵屋を嵌《は》めようとした企みだ」

これはもう、疑いようがなかった。

「玄海丸の到着を遅らせて、違約金を払わせる。その金を羽澤屋が貸すことで、武蔵屋に食いついてこようとしたわけだな」

「そういうことだ。市郎兵衛は、取り付くのに都合のいい鴨《かも》だったわけだ」

「しかしな……」

ここで疑問が湧《わ》いた。

当初は羽澤屋が市郎兵衛に近づいて金を貸し、武蔵屋を追い詰めようとした。しかし神奈川宿の旅籠《はたご》での打ち合わせを知って、さしもの市郎兵衛も羽澤屋との付き合いをやめたはずだった。

事実、市郎兵衛の夜の外出は、なくなりはしないが減った。

「玄海丸が期日を過ぎて到着したとき、約定に添った違約金を払うことになる。だが事ここにいたれば、羽澤屋から借りることは万に一つもない。他から借りるだろうからな。それでは、羽澤屋に旨味《うまみ》はないのではないか」

「それはそうだ。武蔵屋が衰えたり大店が消えたりするのは損ではないが、山城屋だけが大きく儲《もう》けるわけではない」

「にもかかわらずおぎんが、うまくいっていると告げたのはおかしくはないか。山吹のおかみと会ったのは、市郎兵衛が羽澤屋との付き合いをやめた後のことだ」

「それはそうだな」

卯吉の言葉を聞いて、寅吉は首を傾げた。

「今になっても、羽澤屋は武蔵屋に金を貸す手立てがあるということになる」

「うむ。となると市郎兵衛は、まだ羽澤屋と付き合っているわけか」

怒りと呆《あき》れの混じった顔だ。

「いや、いくらなんでも」

と卯吉は思うが、断定はできない。

そこへ僧侶が姿を現した。葬儀に出る者も、十数人が集まった。武蔵屋の奉公人だけではない。そして武蔵屋の奉公人でも、顔を見せない者がいた。

しかしそれは、来たくないからではない。店の商いは休みになっていない。遠方に配達へ行っている者は、この刻限に戻って来られないのである。訪れた客の相手をしている手代は、店から離れられない。

他の店から来た者も、同じようなものだ。読経《どきょう》が終わらなくても、線香を上げるとすぐに引き上げる者がいて、途中から現れる者もいた。

乙兵衛や二番番頭の巳之助《みのすけ》は、焼香をしにやって来た。大和屋からも、勘十郎が焼香に顔を見せた。しかしお丹と市郎兵衛は、最後まで姿を見せなかった。

読経と焼香が済むと、葬儀は終わった。

棺桶《かんおけ》に入れられた定吉の遺体は、下谷《したや》にある増念寺《ぞうねんじ》へ運ばれる。武蔵屋には旦那寺があるが、そこへは入れられない。霊岸島の奉公人で、江戸に身寄りのない者を弔ってもらう寺だった。

「お客様が口にする品を運ぶのに使う店の荷車は、遺体を運ぶのには使わせないよ。他から探しておいで」

お丹は言った。市郎兵衛は出かけている。

「うちのを使ってください」

と言ったのは、今津屋の東三郎だった。

武蔵屋の小僧が引き、卯吉と寅吉が押した。お結衣が位牌《いはい》を持ち、東三郎と武蔵屋の手代、それに荷運びをしていた人足二人が葬列に加わった。日雇いの人足は、葬儀のためにその日の仕事を休んだのである。

晩春の日差しが、昼下がりの道を照らしていて眩《まぶ》しかった。地べたを擦《こす》る車輪の音が、耳に響いた。

寺でも読経があり、埋葬が済むと一人ずつ線香を上げた。

「必ず殺した者を捕え、武蔵屋を守るぞ」

墓前で合掌《がっしょう》しながら、卯吉は誓った。

さっさと泥船から抜け出せと言った定吉は、その泥船のために命を落とした。逃げなかったのである。

その定吉に対して、冷淡な扱いをするお丹や市郎兵衛に対する怒りがある。殺害者たちへのものとは、別の怒りだ。

定吉の冥福を祈った。

第五章　天秤棒《てんびんぼう》の力

一

埋葬を済ませ、寺から帰る道々、卯吉と寅吉は考えたことを話し合った。

「市郎兵衛は、本当に羽澤屋とは付き合っていないのか」

どう考えても、行きつく先はそこだった。おぎんが山吹のおかみに話した内容からして、羽澤屋は武蔵屋に金を貸す段取りができているように感じられる。

「だとすれば、食いつく先は市郎兵衛しかいないだろう」

寅吉の問いかけに、卯吉は応じた。

「となると、どういう食いつき方をしているかだな。いくら何でも弥次左衛門や兵助が、直《じか》に接しているわけではないだろう」

できることならば、市郎兵衛に問い質したいところだ。本人は気づいていないにしても、必ず何者かが、近づいているはずだった。

ここで寅吉が、はたと立ち止まった。

「女じゃねえか」

と頓狂《とんきょう》な声を上げたのである。

「なるほど」

言われてみれば、いかにもありそうだった。

市郎兵衛は、亥三郎や兵助との外出はなくなったが、店を空けることがなくなったわけではない。夜の外出が減った分、昼間の外出が増えた。納品の期日が迫って、面倒な客との対応から逃げ出すためだと見ていたが、それだけではないのかもしれないと気がついた。

「そういえば今日も、葬式の前にはいなくなっていたぞ」

線香の一本も上げぬまま女のもとへ行ったのならば、ふざけた話である。しかしもう、腹は立たなかった。

「どこへ行ったのか」

気になるのはそちらだ。

「金を出しているのが乙兵衛ならば、行先を知っているかもしれねえぞ。戻ったらすぐに聞いてみろ」

寅吉に命じられた。

そこで店に戻った卯吉は、報告がてら乙兵衛のもとへ行った。

「葬儀が無事に済んだのならば、何よりだ」

寺での模様を伝えると、乙兵衛はそう言って頷《うなず》いた。その後で卯吉は、市郎兵衛の行先について尋ねた。

「知らないね。お金は渡すこともあるけど、たいていは金箱から自分で持ってゆく。どこへ行っているかなんて、私には話さないよ」

いかにも不機嫌そうな顔になった。

次にお丹のところへ行った。葬儀と埋葬については、伝えなくてはならないと考えていた。

「そうかい。終わったんなら、やるべきことをおやり」

話を聞いて、返ってきた言葉はこれだった。市郎兵衛が、自分が通っている妓楼《ぎろう》の話などするわけがないから、問いかけるのはやめた。

そこで卯吉は、酒蔵前に店にいる小僧を集めた。八人がいた。配達に行っている者や、外出した巳之助の供をしている者もいる。

「この中で、旦那さまの供で、吉原やどこかの妓楼へ供をしたことがある者はいないか」

一同は、いきなり何を言い出すのかと驚いた顔をした。しかしどうでもいいという目顔をした者はいなかった。

殆《ほとん》どの者が、周りを見回した。しかし供をして行った、と告げた者はない。

一人くらいはいるのではないかと期待したが、当てが外れた。そうなると、次に出かけるときにつけるしかないかと考えた。だが落ち着かぬ様子で困惑顔をしている小僧が、一人いた。十四、五の歳で、顔に面皰《にきび》がある。

「どうした」

と問いかけた。居合わせた者たちが、顔を向けた。

「お供をしたことはないんですけど、お使いをしたことはあります。吉原《よしわら》でした」

頬《ほお》が赤らんだ。小僧たちの中から、小さな声が漏《も》れた。

やはり吉原かとは思ったが、気持ちの動きを見せないようにして訊《き》いた。

「何という妓楼か」

「菱屋《ひしや》という、引手《ひきて》茶屋へ文を届けました」

「引手茶屋ってなんだ」

と言った者がいた。卯吉も初めて聞いた。

口にした小僧も首を傾げた。意味は分からないが、そう告げられて届けたのである。十日くらい前だそうな。届けたら、すぐに戻って来た。

これは、大いに参考になった。

小僧たちを戻してから、卯吉はすぐにこの件を実家の艾屋《もぐさや》で待っていた寅吉に伝えた。

「そうか、吉原の引手茶屋か。さすがに大店《おおだな》の旦那《だんな》だ」

話を聞いた寅吉は、皮肉っぽい口調で言った。羨《うらや》ましい、という気配も混じっている。引手茶屋の意味が、分かるらしかった。それで説明してもらった。

「吉原ってえのは、とてつもなく金と手間のかかる大見世《おおみせ》から、安直に遊べる局《つぼね》見世や河岸《かし》見世てえのがある。大見世は格式があるから、いくら金を持っていても、いきなり行ったのでは相手にされねえ。間を取り持つ引手茶屋ってえのを通さなくちゃならねえんだ」

大見世で遊ぶのは、その後だ。寅吉は偉そうに説明したが、引手茶屋を通して遊んだことがあるわけではなかった。人から聞いた話を、伝えてきたのである。

「だから市郎兵衛が遊んでいるのは、吉原でも、格式の高い見世ってえことになるわけだ」

吉原で遊ぶのは金がかかって、面倒が多いというのは分かった。それでも出かけるのは、それだけ惹《ひ》かれることがあるからだろう。

「ならば菱屋という引手茶屋へ、行ってみよう。何か分かるかもしれない」

「そうだな」

寅吉は頷いた。

「これまでに、行ったことがあるのか」

「まあ、安いところへ、二、三度な」

夕暮れどきにはまだ間があるが、昼見世の様子なら見られるだろうと寅吉は言った。今日は使う予定のない小舟が、武蔵屋にはある。これに乗った。卯吉が艪《ろ》を漕《こ》いだ。

山谷堀《さんやぼり》にある船着き場に舟を置いて、日本堤に立った。昼見世もそろそろ終わりごろで、帰り道という風情の者が目についた。その中には、僧侶や田舎臭《いなかくさ》い勤番侍らしい姿もあった。

「あれが名高い吉原だ」

寅吉が指さした。一面が田圃《たんぼ》の中に、黒板塀《くろいたべい》で巡らされた町がある。江戸のご府内で見かける多くの町と、似ていてどこかが違う。派手で贅沢《ぜいたく》な感じだった。

日本堤は土手道だから、周囲よりも高くなっている。坂を下ったところに柳の木が立っていたが、卯吉はちらと目をやっただけだった。

五十間ほどの三曲がりの道を歩く。両側には、茶店や酒を飲ませる店、櫛簪《くしかんざし》や小間物などを商う店が並んでいた。そして大門前に着いた。

黒塗り板葺《ぶ》きの屋根付き冠木門《かぶきもん》ではあるが、中に並ぶ豪壮な建物に比べると簡素に見えた。

門を通るとき、声掛けをされるのかと気にしたが、そんなことはなかった。寅吉についで吉原の中へ入った。

目の前には幅広の道が、真っ直ぐに伸びている。

「これが仲の町《なかのちょう》といって、このあたりに引手茶屋があるらしい」

目をやると、この通りには張見世らしいものはない。しかし玄関に花暖簾《はなのれん》をかけた建物があって、それらしいと見当がついた。ただいくつもあるから、どれがどれだか分からない。

通りかかった岡持ちを手にした爺《じい》さんに問いかけた。

「あれだよ」

と教えられて、その店の前に行った。

寅吉が、少し緊張している。不思議に思って訊いた。

「どうした」

「こういうところへ入るのは、初めてだからよ。ここじゃあ、外の町の十手なんて通用しねえから」

腰に差していた十手を、懐《ふところ》の奥に押し込んだ。

卯吉には、まともに聞いても何も教えられないだろうという予想はついていた。だから来ているかどうかだけを聞こうと思った。客の使用人ならば、相手にだけはするだろう。そこで二つ三つ聞けばいい。どうせ市郎兵衛は、大見世に行っていると踏んでいる。

「ごめんなさいまし」

先に敷居を跨《また》いで声をかけたのは、卯吉だ。

「はい。何ですか」

出てきたのは、木綿ものを身に着けた、初老の女中頭《がしら》といった印象の者だった。こちらの身なりを値踏みして、客ではないと見て取っている。何しに来た、といった顔だった。

「霊岸島の武蔵屋から参りました。うちの旦那さんが、見えているはずなんですが」

「来ているけど、ここにはいませんよ。まだ山科屋《やましなや》さんから戻って来ていない。そろそろだと思うけど」

山科屋というのが、行きつけの見世らしかった。

「お一人で来たんですか」

「違うよ。山城屋さんと一緒だった。ここのところそうだね」

腹の奥が、一気に熱くなっている。これを知れば、充分だった。

「分かりました。お遊びの邪魔をしては叱《しか》られますので、私たちはこれで引き上げます」

そう告げると、さっさと玄関先から外へ出てしまった。ばったりとでも、市郎兵衛と会っては後が面倒だ。

このまま急ぎ足で歩いて、大門から外へ出た。

「山城屋の弥次左衛門だったというのは、畏《おそ》れ入ったな。羽澤屋が役目を果たせなくなって、交代したわけか」

「弥次左衛門は、船が遅れて困る市郎兵衛に金を貸すわけだな」

寅吉の言葉に、卯吉が応じた。

市郎兵衛は、亥三郎と弥次左衛門の関係を知らない。同じ新川河岸の旦那衆として、気を許しているのだと思われた。

「困ったときには、うちがご助勢いたしますよ。とか、弥次左衛門は都合のいいことを、話していやがるんだろうぜ」

吐《は》き捨てるように、寅吉は言った。

二

江戸から旅立った茂助は、海に目をやりながら東海道を進んでいた。品川宿から大森、蒲田《かまた》、新宿《にいしゆく》、川崎、鶴見《つるみ》と歩いて生麦湊《みなと》に入った。前に来た神奈川湊の手前である。

宿場や漁村を廻《まわ》って、祈禱《きとう》をしながらの旅である。銭にならないと見限ればすぐにも場所を移動したが、今回はそれをしていない。

停まったまま動かない千樽の下り酒を積んだ樽廻船《たるかいせん》がないか、聞き歩いていたのである。それらしい船があれば、小舟を雇って近くまで行き船名を検めた。積み荷が不明な場合は、水手《かこ》に聞いた。

「千樽もの灘ものを、何でいつまでも海上に置く必要があるんだ」

逆に問いかけられもした。

入り江になっていて、離れていては見えない場合もあるから、漁船を操る漁師にも聞いた。しかし「見た」という者に出会わぬまま、生麦湊まで来てしまったのである。

先日も、この湊は通った。前とは違う大型帆船が停まっている。しかし見覚えのある玄海丸の姿はなかった。

「しかし沖や突き出した岩の向こうにいるかもしれない」

と思うから、必ず複数の漁師に問いかけをした。ここまで、念入りに見てきた。ここでなければ、房総《ぼうそう》にでも行ってしまったのではないかと思うくらいだ。

「ああ、それならば見たぞ」

網を直していた初老の漁師に問いかけると、そういう返事があった。もう四、五日くらいになるらしい。それならば、神奈川湊から移ってきた日と重なる。そして灘桜の納品の期日は、三日後に迫っていた。

猶予のないところへ追い込まれている。

そこで漁船を出して貰《もら》って、念入りに確かめることにした。船着き場からは見えない大きな岩の向こう側である。

見覚えのある船体で、酒樽を積んでいるのが見えた。玄海丸という名も船首にあるのを確かめた。

「こんなところに、いやがったのか」

湧《わ》き上がる興奮を抑えた。

神奈川湊から、さしたる距離はない。少しずつ移動して、湊の者たちに長逗留《ながとうりゅう》を怪しまれないようにしていたのだと思われた。玄海丸が良く見える漁師村で、漁船から降ろして貰った。

広い網干場がある。その手前に、底の抜けた廃船が横たわっていた。使えなくなった古い網も捨てられている。その上を、銀蝿《ぎんばえ》が羽音を立てて飛んでいる。

村には、船着き場を備えたまともな家三軒と、古材ばかりで建てたような粗末な小家が十数軒並んでいた。船持ちと、雇われ漁師の家の違いだと思われた。

七、八歳の男の子どもが、網干場で棒切れを振り回して遊んでいる。五、六人で、身なりは貧しげだが、元気のある子どもたちだった。村育ちの者だろう。

見回した限りでは、他に人の姿は見かけなかった。

「おじさん、なんでそんなかっこうをしているんだい」

狩衣《かりぎぬ》姿で祭壇を背負った茂助の姿に、興味を持ったらしい。子どもたちが近づいてきて、年嵩《としかさ》の子どもが問いかけてきた。

「背中にあるのは、祭壇だ。わしはな、神仏の使いをする祈禱の者だ」

錫杖《しゃくじょう》を地べたに突くと、金属が響き合う高い音がした。子どもたちは、それだけでも驚いたらしかった。このあたりには、祈禱師など立ち寄らないのかもしれない。

「よし。おまえたちに、飴《あめ》をやろう」

「わあ」

子どもたちは、喜びの声を上げた。子どもを手なづけるなど、茂助にしてみればお手の物だ。老人や子どもに与えるために、飴などは常に用意をしていた。

「その代わり、わしの問いかけには、ちゃんと答えなくてはならぬぞ」

「分かっているよ」

一同は頷いた。その口に、一つずつ飴を入れてやった。

「あの千石船のことだ。あの船から、人が陸に出て来るのを見たことはないか」

子どもたちが顔を見合わせた。何人かが首を振ったが、声を上げた者もいた。

「あの船の船頭さんが、弥助《やすけ》さんの家へ行くのを見た」

「おいらも、見かけた。昨日だな」

二人いた、一人は二度目にしていて、どれも違う日だった。

「弥助さんの家とは、どこだ」

「あれだよ」

子どもが指さしたのは、三軒ある大きな家の中では三番目といっていい建物である。もちろん持ち舟があり、子どもたちの話では人も使って漁をしている様子だ。

「おれは、あの船の水手が、街道で買い物をして引き上げるのを見た」

街道には、暮らしの用を賄《まかな》う店が数軒あった。水手は食料を仕入れたようだ。

ただ子どもたちは、それ以上のことは知らない。茂助は弥助の家の手前まで行った。

建物は古くない。築五、六年くらいに見えた。周囲には、小家が狭い道幅の中に並んでいる。その中の一軒から、赤子の鳴き声が聞こえた。

人の姿は見えないが、声をかけた。

「何だよ」

不愛想な声で出てきたのは、赤子を背負った婆さんだった。赤ら顔の皺《しわ》くちゃで、梅干を連想させる顔だった。子守りと留守番をしていたらしい。

「ちと、教えてくれ」

茂助は小銭をおひねりにして婆さんに与えた。婆さんは、いきなりの訪れに驚いたらしいが、おひねりは握りしめていた。

「弥助というのは、持ち舟の漁師だな。前から、この土地の者か」

「そうだよ。六、七年くらい前までは、雇われの漁師だった。生まれは川崎宿に近い、大師河原っていうところだって聞いたけど」

「それが、自分の漁船を持つようになったわけか。よほど働き者だったわけだな」

「さあ、どうだかねえ。江戸へ出たあの人の兄さんや姉さんが、うまくいっているらしい。それで漁船を手に入れてもらったんだ。それからだよ、あたしらとは違う暮らしぶりになったのは」

どこかに妬《ねた》みを含んだ言い方だった。

弥助という漁師は、江戸で成功した兄姉のおかげで、持ち舟の漁師になった。面白くないと思う者がいても、おかしくはない。

「その江戸にいる兄や姉は、何をしているのかね」

これは、確かめておかなくてはならない。

「ええと、お酒だと思いますよ。繁盛している問屋で」

これでぴんときた。灘桜の輸送を止めることで、武蔵屋を陥《おとしい》れようとした者である。いずれ商売敵《がたき》のどこかだろうとは予想していたが、その姿が見えてきた気がした。

「名は、分かるかね。その兄さんの」

「あたしは、知らないよ」

あっさり言われた。まあ、知らないのが当然だろう。ただそれでは、事が進まない。

「分かる者はいないか」

「直に、聞きに行けばいいじゃないか」

「いや、それができないから訊いている」

弥助は女房を亡くした。今は一人暮らしをしているそうな。

茂助は婆さんが見ている前で小銭を取り出し、二つのおひねりを拵《こしら》えた。一つは懐に押し込んだが、一つは掌《てのひら》に載せて差し出した。

「知っていそうな者を、教えてくれないか」

婆さんは、掌のおひねりを奪い取った。「ついておいで」というので、後へ続いた。

何軒か置いた、同じような小さな家へ行った。ここで声をかけると、婆さんよりもやや若いといった気配の、白髪《しらが》頭の女房が出てきた。

この女房は、弥助の亡くなった女房と親しかったらしい。

「弥助さんの江戸の兄さんだけどさあ。名は、何と言ったっけ」

と問いかけた。目が、おひねりをやれと言っている。

茂助がおひねりを与えると、女房はしばらく考えた。何度か耳にしたようだ。

「弥次さんだったと思いますよ」

「そうか」

茂助は、新川河岸の酒問屋の主人ならば、すべての者の名を知っている。長く出入りしている界隈《かいわい》だし、祈禱をした店もある。

弥次という名に関わる、店の主人はいないかと考えた。そしてすぐに思いあたった。山城屋弥次左衛門である。弥次左衛門は小僧として店に奉公し、婿《むこ》となって店の主人になった。

これならば、話の辻褄《つじつま》が合う。

神奈川湊から、生麦湊へ玄海丸を移した理由が理解できた。蔦造とも、連絡を取り合っているのだろう。

次に茂助は、街道に出た。玄海丸の水手たちは、暮らしの用を賄う買い物をここでしている。穀物を商う店とよろず屋、茶店と船頭や水手、漁師らに酒を飲ませる居酒屋が商いをしていた。

まずよろず屋へ行って聞く。

「ええ、沖に停まっている大きな船の水手の人たちならば、二度買い物に来ましたよ。隣の居酒屋へは、毎日のように誰かがやってきて飲んでいます」

店番をしていた女房が言った。

玄海丸に何人の水手が乗っているのか、茂助には見当もつかない。ただ十人やそこらはいるだろうと考えた。

よろず屋では、厄除《やくよ》けの祈禱をしてやった。

火灯《ひとも》し頃になって、茂助は顔見知りになったよろず屋へ行く。そこの女房に頼んで、居酒屋に玄海丸の乗組員がいないか見てもらった。

「あの人たちですよ」

女房が指さしたのは、三十代半ばと二十歳前後の二人連れだった。茂助は空いていた隣の縁台についた。酒と煮しめを注文している。隣の二人は、西宮湊の話をしていた。茂助は西宮へは一度行ったことがある。船問屋で祈禱を上げたこともあった。

「懐かしいねえ」

と言って、二人の話に割り込んだ。

「そうかい、あんた西宮へ行ったのかい」

毎日同じ相手とばかり話しているから、西宮を知っている他人と話をするのは嫌ではないらしかった。

聞きたいことは数々あるが、それは堪《こら》えた。相手の話に合わせて、話を盛り上げた。二人の水手は、だいぶ酔っ払った。

「面白かった。明日も話をしたいねえ。あんたたち、いつまでここにいるのかね」

ここで初めて、知りたいことを口にした。三日以上ここにいるならば、江戸へ知らせをやって卯吉らを呼び寄せる。明日にも出てしまうならば、他の対応を考えなくてはならない。

「知らせが来るまでだ。いつ来るかは分からねえが、そろそろだとは思うぜ」

と年嵩《としかさ》の方が言った。

「明日もこの店に来るならば、おれが酒代を出すぜ」

そう言って別れた。

飲ませてやるという言葉が効いたかどうかは分からないが、昨日の二人に、若い水手がもう一人増えて三人でやって来た。

「おう、あんたいたのか」

茂助はさっそく酒と煮しめを取ってやる。四人で賑《にぎ》やかにやった。初めの内は、こちらからの問いかけは一切しない。合いの手を入れて頷き、笑ってやる。

そしてだいぶ酔ってきたところで、思い出したように口にした。

「そうそう、船出の知らせって、どこから来るのかね」

「金主に決まっているじゃねえか。値上がりを見込んで、荷が着くのを遅らせているんだ。夜明け前の頃に、松明《たいまつ》の数で知らせて来るんだ」

一つならばその日、二つならば翌日、三つならば翌々日の夜明け後となる。一つ増えれば、一日先になるという話だ。

酔っ払っている。異郷の地で出会った酒には縁もゆかりもない祈禱師だから、油断があって口が軽くなったものと思われた。

「だれが伝えに来るのかね」

「それは知らねえ」

弥助だと、察した。

「でも、おかしくないかね」

茂助は三人の茶碗に酒を注いでやりながら問いかける。

「なぜ松明だなんて、手間のかかることをするのかね。訪ねて来て伝えれば済む話ではないか」

「船頭は、金儲《かねもう》けを企んでいるからさ。訪ねて来るやつの顔を、おれらには見られたくねえんだろう」

年嵩の者が言うと、若い二人の水手がくっくと笑った。その年嵩が、水手頭らしかった。

「いつも明け方、船首に立っていたんで聞いてみたんだ。ここだけの話っていうことで、教えてくれた」

ここだけの話は、漏れやすい。

おもしろい話を聞いたと思った。

三

灘桜の発売期日が二日後に迫った。荷はどうなったのかと、尋ねに来る客が増えてきた。さすがにお丹も、苛立ちを隠せなくなっている。

「おまえ、どこへ行くんだよ」

店から逃げ出そうとしている市郎兵衛を、お丹が怒鳴りつけた。昨日の昼間だ。これには店中の者が、体を固くした。客のいないときではあったが、こんなことは今まで一度もなかった。

それだけお丹は、追い詰められている証《あかし》だった。

市郎兵衛は、不貞腐《ふてくさ》れて店の奥へ引っ込んだ。母親の剣幕には驚いたらしい。状況が分からないわけではないから、逆らうことはしなかった。

お丹は、同心田所も呼びつけようとした。しかしこの数日、一切顔を見せない。二番番頭の巳之助を町奉行所まで行かせたが、会えなかった。居留守を使われた様子だ。これにも腹を立てている。

乙兵衛は、腫物《はれもの》に触るように対応をしていた。その乙兵衛も、おろおろしている。半額を払うとした約定《やくじょう》を守るための金子をどうするか、それで頭がいっぱいだった。

「おまえは、何をぼやぼやしているんだい。さっさと尻尾《しっぽ》を摑《つか》んでおいで」

卯吉にはそう言った。店の仕事など、どうでもいいという口ぶりだった。そして自分は今津屋の東三郎のところへ行って、何とかしろと談判をしていた。

東三郎も、手をこまねいているわけではない。しかし連絡をつけられる相手にはすべて問い合わせをしていて、新たなる手は打てない状態だった。

卯吉と寅吉は、羽澤屋と山城屋の動きを探っている。

いずれ玄海丸は、江戸へ入ってくる。しかしその日は、納品日の翌日以降になるだろう。ただそう後にはならないと、卯吉は考えていた。千樽の灘桜には、商品価値がある。武蔵屋へ金を貸した山城屋は、その販売について口出しをしてくる。

金を貸していることを盾に、武蔵屋の事情など無視して、山城屋の都合がいいように売ろうとするのは目に見えていた。

「となると、いつ江戸へ運ぶかだな」

「蔦造とは、綿密なやり取りをしているはずだ」

そう話し合って、寅吉は羽澤屋を、卯吉は山城屋を見張った。そろそろ商いが始まろうかという頃、卯吉は河岸の道に立った。

「あれは」

山城屋から、旅姿の男が出てきた。手代の忠太である。足早に歩き始めた。

蔦造に会いに行く……。と感じたから、卯吉はこれをつけることにした。こちらは旅姿ではないが、それを気にしている暇はなかった。

案の定、忠太は東海道へ出て、芝口橋《しばぐちばし》を南に渡った。振り向くこともないまま、芝の町々が背後に消えた。

あれよあれよという間に、品川宿も通り過ぎた。ここでは水飲み場で水を飲んだだけだった。六郷川《ろくごうばし》の渡し舟を待つ間に、昼の握り飯を食べた。

卯吉も、やや離れた場所でこわ飯を買って、腹に押し込んだ。忠太とは顔見知りだから、顔を合わせないようにする。頭から手ぬぐいを被《かぶ》って、顎《あご》で結んでいた。

渡し舟は、他のものにするわけにはいかない。離れたところに乗って、顔は上げなかった。

舟から降りた忠太は、一気に街道を進んでゆく。なかなかに健脚だ。

市場、鶴見と越えて、生麦で街道から外れた。漁師の住む家々の中に入った。まともな住まいは三軒で、ほかは貧し気な掘立小屋のような家ばかりだ。

忠太は、そのまともな中の一軒に入った。船着き場に面していて、網が干してある。そろそろ夕刻といってよい刻限になっていた。

卯吉は慎重にその建物に近づこうとする。そこで人が近寄る気配があって、肩を叩《たた》かれた。振り向いて、腰を抜かしそうになるくらい驚いた。叔父の茂助だったからだ。

喉元《のどもと》まで出かかった声を呑《の》み込んだ。そしてやや離れた場所へ、移動した。

「あいつは何者だ。おまえはあいつを、つけて来たんだろ」

茂助は押し殺した声で言った。茂助も、意味がなくここにいるわけではないだろう。そう考えて、胸の動悸《どうき》が激しくなった。

「あれは、新川河岸の酒問屋山城屋の手代で忠太という者です」

「そうか。なるほどな」

山城屋という屋号を伝えても、茂助はさして驚かなかった。そしてさらに心の臓の動悸が激しくなる話を聞いた。

「玄海丸は、この生麦湊に停まっているぞ。神奈川湊を出て、こちらへ移ったようだ」

卯吉と茂助は、それぞれここに至った詳細を伝え合った。

「すると忠太は、出航の日を伝えるためにやって来たわけだな」

茂助の言葉に、卯吉が頷いた。それ以外には考えられなかった。

「ならばすぐに江戸へ戻って、同心の田所に伝えましょう。いくらあいつでも、ここまで分かれば、動くでしょう」

田所は己《おのれ》一人の手柄にするだろうが、灘桜が期日内に手に入るなら、それで構わない。

「いや、あいつは大騒ぎをするだけだ。ここは江戸から遠いからな、結局は逃がしてしまうかもしれぬ。細工をして出航させ、おれたちの手で捕えよう。品川沖で捕える方が、手間がかかるまい」

「そんなことが、できるのですか」

「明日の未明、弥助は松明《たいまつ》を使って知らせを入れる。勝負はそのときだ」

茂助は、何か考えがあるらしかった。その日は、近くの漁師の家に泊まらせてもらった。梅干しのような顔をした婆さんが、食事の世話をしてくれた。

卯吉は茂助に体を揺すられて、目を覚ました。外はまだ暗い。鶏さえ起き出していなかった。三月三十日である。

洗面を済ませて、弥助の住まいが見えるところへ行き、闇の中に身を置いた。卯吉は、婆さんから借りた天秤棒を手にしている。するとさして間を置かず、建物の中から男が姿を現わした。

「あれが弥助だ」

茂助が囁《ささや》いた。

弥助は漁船を出す支度をした。玄海丸に、忠太からもたらされた日にちを伝える合図をするためだ。

目を凝《こ》らすと、積んだ松明は三つだった。聞き込んだ話からすれば、玄海丸がこの地を立つのは二日後となる。納品の翌日だ。

「ゆくぞ」

茂助と卯吉は、ここで弥助に躍りかかった。天秤棒で足を払い転がらせる。ほぼ同時に腕を捩《ね》じり、声を上げさせぬように口に手拭《てぬぐ》いを押し込んだ。

二人がかりだから、縛《しば》り上げるのに手間はかからなかった。そして漁船に乗り込み、船出をした。夜明け前の闇が、一番暗い。しかし茂助は夜目が利くらしかった。

「止めろ」

と言われて、卯吉は艫《とも》を動かすのをやめた。

茂助は、松明に火を灯した。しかし灯したのは、一本だけだった。受け取った卯吉が、闇の中でこれを振った。

すると船上から、ひゅーと指笛が鳴った。漁船はこれで、もとの船着き場へ引き上げた。

「あいつら、夜明けとともにここを出るぞ」

茂助が囁いた。山城屋の指図よりも、二日早く江戸に着くことになる。

だがこのとき、卯吉らの動きを闇の中から見ていた者がいた。旅姿をした忠太である。忠太はそのまま、弥助の家には戻らず街道を駆けた。

東の空が明るくなり始めた頃、玄海丸の帆が上げられた。生麦湊を離れたことを確認した卯吉と茂助は、江戸へ向かって足を速めた。

四

江戸へ戻った卯吉と茂助は、まず山城屋を見張っている寅吉を捉《つか》まえた。離れた人のいない船着き場へ連れて行く。

すでに薄闇が、掘割の水面を覆《おお》っていた。

寅吉は、昨日卯吉が姿を消したことで、山城屋に何かが起こったと察した。そこで調べると、忠太がいないと分かった、そこで今日は、朝から山城屋を見張っていた。

「すると一刻ほど前に、忠太が慌《あわ》てた様子で駆け戻って来た。何があったのかと、やきもきしていたところだ」

そう告げる寅吉に、卯吉は忠太をつけて生麦湊まで行ったこと、そこで茂助と会い、松明で合図をしたことまでを話した。

「忠太が慌てて戻ったのならば、こちらがしたことを見ていたと考えるべきだろうな」

茂助が言った。

「松明を一本だけ燃やしたことも、確かめたのでしょうね。ならば期日よりも前に玄海丸は江戸に着いてしまうわけですから、羽澤屋や山城屋は慌てるでしょう」

「大急ぎで、荷を運び出すのではないか」

卯吉の言葉に、寅吉が応じた。ただ見張っている限り、山城屋に動きはなかった。

弥次左衛門は外出していて留守だ。小僧が走り出て行ったが、それは羽澤屋へ文を届けたのではないかと寅吉は言い足した。

そして少し前に、兵助と漆山が山城屋へ入ったのを見ている。

「荷を、とんでもないところへ移されてしまうと面倒だな」

茂助の言葉が、核心を突いている。そうさせないためにどうするかが大事だ。

「こちらには、灘桜千樽を受け取るための荷受け証文がある。行って寄こせと告げれば、蔦造は断れない」

「それはそうだが、船は品川沖のどこにいるのか。こちらが探している間に先に行かれて、邪魔をされたり、他の場所に移されたりしては、意味がないぞ」

卯吉の言葉を、茂助が返した。

「ともあれ見張りを続けよう。どうせすぐに、何らかの動きをするのは間違いない」

寅吉が続けた。

「それと、ここまで来たら、お丹と乙兵衛には伝えなくてはなるまい。それに面白くはないが、同心の田所にも出番を与えるとしよう。町奉行所の同心という役は、江戸では絶大な力があるからな。悪党どもを捕えるには必要だ」

蔦造は、未明に松明の明かりで出航の確認をした。しかしそれ以外の知らせはしていないから、品川沖のいつもの場所にいると思われた。ならば今津屋に問えば済む話ではないかと思いついた。

「田所を呼び出して、荷受けに行こう」

まずは千樽の灘桜の確保が何より大事だ。寅吉が、田所のもとへ知らせに走った。卯吉はお丹に事情を知らせるために、武蔵屋へ向かう。

だがこのとき、「おい」と茂助が押し殺した声をかけてきた。山城屋へ目をやると、兵助と忠太が店から出て、河岸の道を歩き始めたところだった。忠太は、長脇差《ながわきざし》を腰に差していた。

「いよいよだな」

呟《つぶや》きが漏れた。こうなると、お丹に伝えるどころではなくなる。道端に青物の振り売りがいて、煙草《たばこ》を吸って一休みしていた。卯吉は駆け寄った。

「品を全部買うから、天秤棒を貸してくれ」

町内を売り歩く顔見知りである。銭を渡して、天秤棒を握りしめた。そして茂助と卯吉は、兵助と忠太をつけた。二人が行ったのは、鉄砲洲稲荷《てっぽうずいなり》に近い海に面した船着き場だった。小舟がもやってある。

明るいうちは、参拝客で稲荷の境内にはそれなりの人の姿がある。しかし夕暮れどきになって、人の姿はまばらだった。

兵助と忠太は船着き場へ降り立った。もやってある舟の傍《そば》に近寄った。すでに玄海丸は品川沖に着いている。指図に行くのだと思われた。

ただすぐに舟に乗り込むわけではなかった。

卯吉と茂助は、少しずつ近づく。つけて玄海丸の係留場所を確かめたいと思った。だがこのとき、背後に人の気配があった。

「おまえら、何を探っている」

振り向くと、弥次左衛門と漆山が立っていた。逃げ出すわけにはいかない。行く手を遮《さえぎ》るように、二人は立っていた。船着き場にいた兵助と忠太も近づいてきた。

兵助は舟の櫂《かい》を握っている。忠太は腰の長脇差に手を触れさせていた。

「この二人です。弥助さんを縛《しば》って、松明を一本燃やしたのは」

忠太が言った。

「さんざんかぎまわっていたのは、気がついていたぜ。生麦湊にまで来るとは驚いたがな」

弥次左衛門は、憎しみのこもった目を卯吉に向けた。新川河岸で見せる顔とは、まるで別人だった。

あたりの闇が、濃くなっている。弥次左衛門が目で合図をすると、漆山が一歩前に出た。腰の刀を抜いている。切り捨てようという腹だ。

「おまえらは、こんなふうに定吉にも、容易《たやす》く刃《やいば》を向けたわけだな」

その返答はなかった。口惜《くや》しさと怒りが、卯吉の全身に溢《あふ》れ出てきた。

「やっ」

漆山は、卯吉に向かって一撃をぶつけてきた。背後の兵助は櫂を振り上げ、忠太は長脇差を抜いたのが分かった。

後ろの二人はかまっていられない。茂助に任せて、卯吉は天秤棒を振って漆山の一撃をかわした。かんと高い音が響いた。

刀身が撥ね上げられた形だが、漆山の体勢は崩れない。切っ先が小さく回転して、こちらの首筋を狙って突き出されてきた。

息つく間もない次の攻めだった。

卯吉は身を横にずらして、天秤棒で刀身を払った。がりがりと擦《こす》らせながら、間合いを取ろうとした。あまり近づかない方が、棒の長さを活かしやすかった。

しかし漆山にしてみれば、それは望まない。離れずに前に出てきた。力で押そうとすると、押し返してくる。膂力《りょりょく》は互角だった。

卯吉は、棒を刀身に絡めながら体を相手の脇に回り込ませようとした。それで肩と肩がぶつかって、離れざるを得なくなった。

これで距離を取る機会ができたと思った。

体を斜め後ろに引いた。躊躇《ため》らいのない素早い動きをしたつもりだったが、相手はついてきた。粘りつくようなしぶとさがあった。

こちらが町人だからといって、嘗《な》めてはいなかった。

天秤棒の角度を変え、間を取ろうとした。このままでは、押されるばかりで攻めにならない。

しかし動こうとするこちらの姿勢に、無理があったらしかった。

「たあっ」

一瞬離れたかと思ったその直後、向こうの切っ先が手の甲を突いてきた。

危ういときには前に出ろ。茂助には常にそう言われていた。だから前に出た。天秤棒の先で、目の前にある胸を強く押したのである。

相手はこれを嫌がった。体が捩《ね》じれて、切っ先はこちらの手の甲ではなく、中空を突いて離れた。

一尺ほどの間ができた。卯吉はこれを好機とした。

「はっ」

気合を入れて、天秤棒の先を喉首《のどくび》目指して突き込んだ。しかし相手は、わずかな間にも体勢を整えていた。難なく棒の先を撥ね上げた。

棒の先端が泳いだのは間違いない。卯吉の体も、微妙に均衡を崩していた。

相手はその隙《すき》を逃さなかった。とはいっても、大きな動きもしていない。刀身を少しだけ動かして、こちらの肘《ひじ》を突いてきた。

棒を回転させながら、卯吉にしてみればかわしたつもりだった。しかし右の肘に、ちりとした痛みがあった。

袂《たもと》が切れて、血が飛んだのも分かった。しかしそれは、気持ちを高ぶらせた。

「うおう」

と叫んで、前に出ながら振り上げられていた天秤棒の先を振り降ろした。力がこもり勢いがついている。さらに怒りが加わった。

凌ごうとして突き出された相手の刀身が、棒の先がしと擦れた。そのまま押したいところだが、それを堪えた。棒を回転させて、目の前にあった肩先に振り下ろした。

「うわっ」

相手は避けられない。棒を握った掌《てのひら》に、相手の肩の骨が砕ける感触が伝わってきた。

「ううっ」

刀を握ってはいられない。取り落とした漆山は、苦悶《くもん》の表情を浮かべながら前のめりに倒れ込んだ。

「ひいっ」

その光景を見て、悲鳴を上げたのは弥次左衛門だった。信じがたい光景に、口をぱくつかせている。

おりしも船着き場では、櫂を手にした兵助が、錫杖《しゃくじょう》で腹を突かれてのけぞったところだった。長脇差を手にした忠太は、足の骨を折られたらしく、呻《うめ》き声《ごえ》を上げている。立ち上がることができない。

弥次左衛門は、ここで踵《きびす》を返した。鉄砲洲稲荷の境内に出て、逃げようとしたのである。逃げ足は早かった。

「待てっ」

ここで捕えたかった。灘桜の一件では、まだ犯行の立証はできない。しかし祈禱師と町人の二人を、刀を抜いた浪人者と共に襲ったのは間違いなかった。この件では、紛れもない犯罪者だ。

このとき、逃げる弥次左衛門の足に、棒が飛んだ。卯吉が投げたのではない。

「わあっ」

足に絡んだ弥次左衛門は、もんどりを打ってその場に倒れ込んだ。境内にいた甘酒売りの露天商が、天秤棒を投げたのである。

追いついた卯吉は、弥次左衛門を押さえつけた。露天商がくれた紐《ひも》で縛り上げた。

「あんた、やるねえ。ずうっと見ていたよ」

甘酒売りの中年男が言った。稲荷の神官や参拝の者とおぼしい初老の男もいた。

「お前さまがた、私らがいきなり襲われたことを、町奉行所で伝えていただけるな」

「もちろんだ」

縛り上げたまま、四人を鉄砲洲稲荷の物置小屋に押し込んだ。外から心張棒《しんばりぼう》をかけた。

そして卯吉は、武蔵屋へ駆け込んだ。

五

「そ、そうかい」

卯吉の話を聞いたお丹の顔が、一瞬にしてほころんだ。

「今津屋さんへ行って、今すぐ引き取りに行きましょう」

寸刻でも早く、千樽の灘桜を武蔵屋の酒蔵へ納めたかった。すでに外は薄暗いが、それを気にしてはいない。

品川沖の千石船から荷を新川河岸へ運ぶには、小型の荷船がいる。それを用立てるのも今津屋の仕事だった。通常こんな刻限に運ぶことはないが、今日は特別だ。

「私も行きますよ、私も。私はここの、主人ですからね」

ここで市郎兵衛が声を上げた。少し前まで打ち萎《しお》れていたのが嘘のように、生き生きとした表情になっていた。

「そうだよ。主人であるあんたが行かなくちゃ、しょうがない。あんたが、悪者たちから取り返してくるんだ」

お丹は言った。

そこへ同心の田所も、駆けつけてきた。

「どうだ。灘桜は、あったじゃねえか。おれが寅吉らに知恵を授けたから、ここまで来たんだぞ」

大きな声で言った。

卯吉と寅吉は、これを最後まで聞いていなかった。今津屋へ向かって駆けていた。

東三郎に伝えて、荷船の支度をしなくてはならない。

「それはよかった。卯吉さんと寅吉さんのお手柄ですね。いや、その中には、定吉さんも含められますね」

東三郎は言った。お結衣も出てきて、その言葉に頷いた。

さっそく輸送の荷船が集められた。その中には、永代橋で卯吉が助けた惣太の平底船も交っていた。

「行くぞ」

「おう」

武蔵屋の小僧や人足たちは威勢がいい。先頭の船には、市郎兵衛と田所が乗り込んでいた。

品川沖に着く頃には、すっかり日は落ちていた。東三郎や惣太が、龕灯《がんとう》を使って船影を検めた。

「これだ、これだぞ」

捜《さが》し出した東三郎が声を上げた。

待ちに待った、玄海丸の船体が目の前に聳《そび》え立っている。東三郎は、声を上げて段梯子《だんばしご》を降ろさせた。

市郎兵衛と田所、それに東三郎や卯吉も船上に駆け上がった。

「おおっ」

灘桜の四斗樽が、所狭しと並んでいる。駆け上がった者たちは、歓喜の声を上げた。

蔦造は、田所らの来訪に驚いた様子だった。

「今すぐ、荷の引き渡しをしてもらいますよ」

市郎兵衛の申し出を、蔦造は断れない。千樽の灘桜が、駆けつけた荷船に移された。

荷が運び出されると、市郎兵衛と田所は引き上げて行った。

東三郎と卯吉、寅吉は玄海丸に残った。蔦造を、そのままにはできない。

「おまえ、山城屋と羽澤屋の指図で、船の到着を遅らせたな」

と、迫ったのである。東三郎も腹を立てている。船問屋今津屋の江戸店《だな》の主人として、事をはっきりさせなくてはならないと考えているらしかった。

「そんなことはしていねえ。嵐と潮の流れで、遅れただけだ」

蔦造は、白々しいことを口にした。

「何を言うか。神奈川湊や生麦湊で無用の停泊をしていたことは、すでに明らかだぞ。神奈川宿の旅籠《はたご》高良屋で、兵助や漆山らと打ち合わせをしたことはとうに摑んでいた。何ならそこの女中を、江戸まで連れてきてもいいのだぞ」

「そうだ。しかもな、弥次左衛門や兵助、漆山を縛り上げて捕えているぞ。おれたちを、襲ってきたからな」

卯吉や寅吉が告げると、蔦造は体を震わせた。山城屋や羽澤屋に命じられて、入港を遅らせたことを認めた。今津屋を逃げ出しても、山城屋の荷を運ぶ船頭として好条件で迎えられる話になっていた。

千樽の灘桜は、その夜のうちに武蔵屋の酒蔵に納められた。明日四月一日が発売日で、各小売りへ納品される。

翌朝、武蔵屋は鉦《かね》や太鼓を叩いて荷の到着を近隣に知らせた。鏡を割る催しも行った。

「不明だった灘桜の千樽を、私が奪い返してきました」

市郎兵衛は、集まった人々の前で伝えた。誇らしげな表情だった。脇でお丹が、満足そうに頷いている。

「まことに、見事であった。おれはその場に同道してな、力を貸したのだ。おれがいなければ、とても取り返すことはできなかったぞ」

田所は、胸を張って言った。このときは、催しが始まる前から顔を見せていた。

「何を言いやがる。美味《おい》しいところを、取っただけじゃねえか」

寅吉は、不満の呟《つぶや》きを漏らした。卯吉と共に、人だかりの外にいる。

「それはそうだが……」

卯吉も不満を胸にしているが、ともあれ武蔵屋は危機を脱した。老舗《しにせ》としての面目
を、保てたのである。

「さあ、みなさん。飲んでください」

市郎兵衛の発声で、灘桜の鏡が開かれた。「わあっ」と歓声が上がっている。

「さすがだねえ。何があったって、ちゃんと帳尻を合わせる。てえしたもんじゃねえか」

「まったくだ。武蔵屋は信用も身代も、磐石だぜ」

職人ふうの男たちが言っていた。

卯吉と寅吉の傍《そば》に、勘十郎がやって来た。

「おまえたちの尽力が、あったればこそのことだ。それは分かる者には分かるぞ。市郎兵衛が何を言ったって、あいつの暮らしぶりは、界隈の者ならば皆が知っているからな」

そうねぎらってくれた。

嬉《うれ》しかったが、大きな功労者は、定吉と茂助だと卯吉は思った。

定吉はすでにこの世にはいない。茂助も、玄海丸へ荷を取りに行くときには姿を消していた。旅に出てしまったのである。

本当に手柄を立てた者が、ここにはいないのが無念だった。

玄海丸の船上で自白した蔦造の身柄は、南茅場町《みなみかやばちょう》の大番屋へ移された。鉄砲洲稲荷に押し込めていた弥次左衛門や兵助、漆山や忠太なども同様だ。羽澤屋亥三郎と女房おぎんも、同時に連れ出され入れられている。

吟味方《ぎんみかた》の与力が、尋問を行った。卯吉や寅吉も、必要な状況説明を行った。

漆山はこの一件には深く関与していたが、しょせんは金で雇われた用心棒だった。肩の骨を砕かれ、二度と剣を握れない体にもなっていた。蔦造の自白を聞いて、灘桜に絡めて武蔵屋を追い詰めようとした企みに関与したことを認めた。

「羽澤屋に雇われた。山城屋からも、金を受け取った」

亥三郎と弥次左衛門は主犯で、具体的な指図をしたのが兵助だという供述も行った。

そして次は、兵助を問い質した。卯吉と茂助の襲撃については、目撃者がいるから認めないわけにはいかない。そこまでを白状させた上で、灘桜にまつわる尋問を行った。

「はて。私と玄海丸が、どうして繫《つな》がりましょう」

始めは言い逃れをしたが、すでに外堀は埋められている。蔦造や漆山の証言がある以上、しらを切り通すことはできなかった。

玄海丸の船頭蔦造を金で陥落させ、船を江戸へ入れない企みをおこなった。納品の期日までに船が江戸へ着かないという噂を意図的に流して、前金を払った顧客が動揺するように仕掛けた。間に合わない場合には半額にさせるという交渉をした商人には、それとなく弥次左衛門が入れ知恵をしたのである。

そして市郎兵衛に近づいて、羽澤屋や山城屋から金を借りさせる。武蔵屋から顧客と信用、身代を奪う計画だった。

さらに定吉の殺害についても、追及が行われた。

本所藤代町の船宿笹舟のおかみや船頭が呼ばれ、詳細な尋問がなされた。ゆっくり酒を飲むつもりが慌ただしく帰ってしまったことや、途中外出した漆山が千本杭方面から戻って来たのを船頭が目にしていて、言い訳がきかないことになった。

「あいつは離れ家で、山城屋弥次左衛門の顔を見てしまったのだ」

生かしてはおけないと、漆山は判断した。殺害後、亥三郎から褒美《ほうび》として金子を受け取っている。

弥次左衛門と亥三郎、それにおぎんへ尋問を始めたときには、事件の概要はほとんど明らかになっていた。三人はすでに覚悟を決めていた様子で、滞《とどこお》ることなくすべての犯行を認めた。

弥次左衛門と亥三郎、おぎんと兵助、それに漆山は死罪と決まった。忠太は遠島となり、山城屋と羽澤屋は闕所《けっしょ》となった。

六

灘桜の四斗樽が、武蔵屋の酒蔵から運び出されてゆく。手代や小僧の動きがきびきびしている。先日までの、ぴりぴりした気配はまったくなくなっていた。

乙兵衛が弾く算盤《そろばん》の珠音も、軽やかだ。

客の出入りも多い。灘桜の評判が良ければ、他の銘柄の酒の注文も増えてくる。良質な人気酒を期日を守って提供する。信用の大切さを卯吉は痛感した。

傾きかけた武蔵屋の土台が、これで磐石になったとはいえない。再興はこれからだが、手の打ちようはありそうだった。

卯吉は配達に行く小僧の荷出しに関わっていた。行先ごとに荷車を分け、銘柄と数を確認する。

「気をつけて、行っておいで」

「はい」

威勢のいい返事が、心地よかった。荷車を見送っていると、寅吉が傍へ寄って来た。

「灘桜を奪い返すにあたっては、おまえの働きは大きいが、お丹や市郎兵衛は何とも思っていねえようだな」

卯吉の前とは違わない暮らしぶりを見ていて、そう感じたらしかった。事実ねぎらいの言葉さえなく、何事もなかったように遇されている。

「まあ、こんなものだろう」

お丹や市郎兵衛が、簡単に変わるとは思えない。忌々《いまいま》しいとさえ、考えているかもしれない。

「それでもおまえ、定吉の実家には、金を出させたそうだな。噂で聞いたぞ」

「まあな」

十両を、お丹は渋々出した。

「しかし市郎兵衛は、いかにもてめえは温情深いといった口調で、金を出したことをあちこちで話しているぞ。食えねえ奴じゃあねえか」

その話は、卯吉も耳にしている。それでも出させることができたのは、灘桜を取り返すことができたからだと考えている。

店の外の者はともかくとして、武蔵屋の奉公人たちは、今度の一件で市郎兵衛が取った対応と行動がどういうものだったか、すべて目の当たりにしていた。表立って逆らう者はいないが、奉公人たちの向ける眼差《まなざ》しは冷ややかだった。

そして卯吉に対する態度が、これまでと微妙に変わってきた。小僧だけでなく、同役の手代も、卯吉に対して一目置くようになった。乙兵衛や巳之助も、これまでのような邪険な態度を取らなくなった。

皆が、卯吉の働きを認めているからだ。

亡くなった父や商人として育ててくれた吉之助との約束を、今のところ果たせている。それが卯吉にしてみれば嬉《うれ》しかった。


数日後、卯吉は深川の顧客のもとへ出かけた帰り、永代橋の西袂の広場で立ち止まった。新堀川河岸から、こちらへ歩いてくる娘の姿を目にしたからである。

急ぎ足で、表情が硬い。何か思い詰めている様子だ。卯吉が立っていることに気づかない。

お結衣だった。

目の前を通り過ぎて、永代橋を東へ渡って行く。あの男に会いに行くのだと、すぐに察した。宗次なる、板前というよりも遊び人だ。

おせっかいだとは思うが、そのままにはできなかった。後をつけた。

橋を渡り終えたお結衣は、永代寺や富岡八幡宮の方へは向かわなかった。土手の道を、川上に向かった。商家が並び川には漁師の小舟が停まっている。物干し場もあって、洗濯物が揺れていた。立ち止まったのは、人気のない小さな船着き場の手前だった。

卯吉は物陰に身をよせながら近づいた。

お結衣は小さな声を上げた。「宗次さん」と名を呼んだのである。すると船具小屋の影から、あの男が姿を現した。前に見たときよりも、荒んだ気配が増していた。

「用ってなあに」

お結衣の声に、切迫した気配があった。悲しい響きさえ感じられた。

「ちょっと、伝えておきたいことがあってね」

突き放すような言い方だった。お結衣が言葉を返せないでいると、宗次は続けた。

「おれのこれの腹に、子ができちまってね」

小指を立てた。済まないという顔ではなく、相手の反応を確かめる眼差しだった。薄情そうな、いっぱしのやくざ者の顔といってよかった。

お結衣は何か言おうとしたが、声にならない。ただ思いがけないことを聞かされた、という表情ではなかった。どこかで覚悟をしていたようにも窺《うかが》えた。

「そういうわけだから、もう会うこともないだろうよ」

宗次はそれで、振り返った。立ち去ろうとしている。

「待って」

お結衣は袖《そで》を摑んだ。しかし宗次はその手を邪険に払うと、立ち去って行った。呆然《ぼうぜん》として、お結衣は声も出ない。少しの間、立ち尽くしていた。するとそこへ、やくざ風の男三人が現れた。

お結衣を取り囲んだのである。

その三人の中の一人に、卯吉は見覚えがあった。前に宗次と一緒に歩いていて、永代寺門前山本町の矢場へ入っていった男だ。甲助という名だった。

甲助は、お結衣の数寸のところまで顔を近付けた。

「ねえちゃん、嫌がる男を追いかけちゃいけねえよ」

舐《な》めたからかう口ぶりで、眼差しは粘つくように顔から首筋を這《は》い回る。

「そうだ。あんな薄情なやつは、あきらめろ」

「おれたちが、代わりにかわいがってやるからよ」

男たちは、ひっひと卑し気《いやげ》に笑った。お結衣の肩と腕を摑んだ。

「やめて」

お結衣は抗《あらが》うが、相手が男三人ではどうにもならない。

宗次はこうなることを前提に、お結衣を呼び出したのだ。あの日見かけたのは、甲助にお結衣を見させたのではないかと見当をつけた。

卯吉は近くにあった物干し場へ行き、空いていた物干し棹《ざお》を手に取った。そして甲助たちに近づいた。

「やめろ」

満身の怒りを込めて言った。

「何だ、てめえ」

思いがけない闖入者《ちんにゅうしゃ》に、男たちは魂消《たまげ》たらしかった。一番若い男が、懐から匕首《あいくち》を抜いて躍りかかってきた。かっかした顔が、歪《ゆが》んでいる。

卯吉はその男の手の甲を、物干し竿の先で叩いた。力を入れてはいないが、見事に決まった。

「うえええっ」

呻《うめ》き声《ごえ》とも悲鳴とも取れる声を発して、体を大きく震わせた。よほど痛かったらしかった。握っていた匕首は、中空に飛んでいる。

「このやろ」

二人の男が、真顔になって体を向けた。甲助のほうは懐に右手を突っ込んでいる。匕首を握り込んだ気配だった。

卯吉は怯《ひる》まない。どこからでも来いと、物干し竿を握りしめて身構えた。腰も落としている。腕の骨一本くらいならば、折ってやってもいいと考えていた。

甲助と、睨《にら》み合う形になった。

「くそっ」

目を背けたのは、向こうだった。二人はこの場から逃げ去った。手の甲を打たれた男は、慌てて追いかけた。

「怪我はありませんか」

「ありがとうございます」

この場所に長居は無用だった。卯吉はお結衣を伴って表通りに出た。永代橋を、西へ渡って行く。

「何であんな男と」

卯吉は問いかけた。宗次のことである。憮然《ぶぜん》とした気持ちになっていた。

お結衣は何も言わず、歩みを続けた。言いたくないなら、それでもいいと卯吉は思っている。

「あたし、富岡八幡様へお参りに行った帰りに、馬場通りで掏摸《すり》に財布を盗られたんです。でもあの人が取り返してくれて」

お結衣には、親しくしていた船頭の男がいたが、嵐で亡くした。宗次は、その男と同い年で、顔は似ていなかったが、やや崩れた気配や雰囲気が同じで気になった。

そこで後日、菓子を持って礼に行った。それから時折、会うようになった。

「やることなすこと、気になることばっかりしていた。でも優しいところもあって……」

前に付き合った船頭には、何でも言えた。だから宗次にも同じように関わった。

「でも亡くなった人とは、違ったわけですね」

危険な男とは、感じなかったのかと疑問に思った。お結衣は、愚かな娘だとは感じない。

「私は兄さんみたいだと感じていました。他にも女の人がいるのは、気づいていたの。でも、それでもいいやって。だって兄さんならば、仕方がないでしょ」

「…………」

どこまで本当のことを言っているのかは分からない。ならば宗次に対する気持ちは恋情ではなかったのかと訊こうとして、やめた。自分に言い訳をしているのならば、黙って聞けばいいと考えたのである。

北新堀町の今津屋まで送った。

「ありがとう」

お結衣は半泣きの笑みを浮かべて、店の中に入った。女の気持ちは分からない。ただお結衣という娘が、自分にとってどうでもいい者ではなくなっている。

「さて、店に戻らなくては」

卯吉には、武蔵屋での仕事が待っていた。灘桜の一件があって、一度離れた顧客が戻り始めている。ここは踏ん張りどころだった。

本書は文庫書下ろし作品です。

|著者| 千野隆司　1951年東京都生まれ。國學院大學文学部卒。'90年「夜の道行」で小説推理新人賞を受賞。時代小説のシリーズを多数手がける。「おれは一万石」「入り婿侍商い帖」「出世侍」「雇われ師範・豊之助」など各シリーズがある。

大店《おおだな》の暖簾《のれん》　下《くだ》り酒一番《ざけいちばん》

千野隆司《ちのたかし》

講談社文庫

定価はカバーに
表示してあります

2018年6月14日第1刷発行

発行者──渡瀬昌彦
発行所──株式会社　講談社
東京都文京区音羽2-12-21　〒112-8001
電話　出版（03）5395-3510
　　　販売（03）5395-5817
　　　業務（03）5395-3615

デザイン─菊地信義
本文データ制作─講談社デジタル製作
印刷───信毎書籍印刷株式会社
製本───株式会社国宝社

Printed in Japan

ISBN978-4-06-511822-1

講談社文庫刊行の辞

二十一世紀の到来を目睫に望みながら、われわれはいま、人類史上かつて例を見ない巨大な転換期をむかえようとしている。

世界も、日本も、激動の予兆に対する期待とおののきを内に蔵して、未知の時代に歩み入ろうとしている。このときにあたり、創業の人野間清治の「ナショナル・エデュケイター」への志を現代に甦らせようと意図して、われわれはここに古今の文芸作品はいうまでもなく、ひろく人文・社会・自然の諸科学から東西の名著を網羅する、新しい綜合文庫の発刊を決意した。

激動の転換期はまた断絶の時代である。われわれは戦後二十五年間の出版文化のありかたへの深い反省をこめて、この断絶の時代にあえて人間的な持続を求めようとする。いたずらに浮薄な商業主義のあだ花を追い求めることなく、長期にわたって良書に生命をあたえようとつとめるところにしか、今後の出版文化の真の繁栄はあり得ないと信じるからである。

同時にわれわれはこの綜合文庫の刊行を通じて、人文・社会・自然の諸科学が、結局人間の学にほかならないことを立証しようと願っている。かつて知識とは、「汝自身を知る」ことにつきていた。現代社会の瑣末な情報の氾濫のなかから、力強い知識の源泉を掘り起し、技術文明のただなかに、生きた人間の姿を復活させること。それこそわれわれの切なる希求である。

われわれは権威に盲従せず、俗流に媚びることなく、渾然一体となって日本の「草の根」をかたちづくる若く新しい世代の人々に、心をこめてこの新しい綜合文庫をおくり届けたい。それは知識の泉であるとともに感受性のふるさとであり、もっとも有機的に組織され、社会に開かれた万人のための大学をめざしている。大方の支援と協力を衷心より切望してやまない。

一九七一年七月

野間省一